ャ文庫

ゆりかごの秘めごと

桜井さくや

イースト・プレス

contents

序章

真っすぐな背中。襟足《えりあし》から覗《のぞ》く白い肌。

お願い、行かないでと、泣きながら呼びかける。

するとその人は無言のまま振り返った。

カチ、カチ、カチ……。

秒針の音が聞こえる。形のいい唇がゆっくりりと動いた。


――これはおまえに預ける。いつかまた、返しに戻ってくればいい。


「――っ」

ハッとして目覚めた途端《とたん》、視界いっぱいに迫ったのは、兄、ジークフリートの顔だった。

「あぁ、やっと目が覚めたね……っ。誰か、リリーが起きたから医者を呼んで来て！

ねえ、リリー、僕が分かるかい？」

酷《ひど》く取り乱した兄の様子を不思議に思いながら、リリーは周囲を見回す。誰かと話していた気がして、無意識にその人を探そうとしたのだ。

けれど、ここは生まれてから九年間をずっと過ごしてきた自分の部屋だ。何人かの馴染《なじ》みの侍女の姿もある。心なしか、皆ほっとした様子を見せていた。

胸の奥が妙《みょう》にモヤモヤする。あれは誰だったのだろう。話していた内容もすっかり忘れてしまっていた。

「あぁ、良かった…っ、高熱で三日も意識が戻らなかったんだよ。このまま目覚めなかったらと思うと、怖くて仕方なかったんだから……っ」

一人考え込んでいるとジークフリートに強く抱きしめられる。頭の中がぼぅっとしているのは、まだ熱があるせいかもしれない。

「ジーク、あのおじさんはだぁれ？」

リリーは兄の背後に佇《たたず》む見覚えのない髭面《ひげづら》の男性を指差した。

「あぁ、この人はリリーを誘拐した犯人の捜査を指揮してくれているんだ。先ほどみえてね、まだ目が覚めないって話していたところだったんだけど、ちょうど良かったな」

「ゆうかい？」

「そうだよ。じゃあ、お願いします」

ジークフリートはそこでようやくリリーを放し、背後に佇む男性を振り返った。

その視線を受けた捜査官はベッドの傍にしゃがみ、リリーに笑いかける。

「初めまして、リリー。まだ微熱があるようだね。少しおじさんに協力してもらえると助かるんだが、お願いできるかな？　まずは改めて、名前と歳を教えてもらえる？」

意味が分からず小さく首を傾げたが、リリーは素直にこくんと頷く。

「……リリー・フォン・ハインミュラー。歳は…、九歳」

「ありがとう。では早速だが…、君は二日間ほど城に戻らなかったね。その間はどこに行っていたのかな？　覚えていることを何でも教えて欲しいんだ」

リリーはきょとんとしてぱちぱちと目を瞬《しばたた》く。質問の意味がよく分からない。

ほんの少し考え込み、やがて小さく首を横に振って答えた。

「知らないわ」

「……知らない？」

頷くと、男はジークフリートと顔を見合わせ、眉をひそめた。

「では…、その間は一人だったのかな？　それとも誰かと一緒だったのかな？」

リリーは黙り込む。どうしてこんなことばかりを聞かれるのだろう。

しかし、頭の中に突然パッと映像が浮かび、リリーはぽつりと呟いた。

「そういえば……、お部屋の壁がね、花の模様だった」

「その部屋にずっといたのかい？」

「う…ん。たぶん」

首を捻《ひね》りながら頷くが、それ以上の具体的なことは分からない。

するると、今度は別の映像が頭に浮かび、リリーは「あ…」と声を上げた。

「あとね、横顔」

「横顔?」

「男の人の……」

「それは…どんな顔かな?　髪や目の色、背の高さはどれくらいかな?」

矢継《やっ》ぎ早の質問にリリーはまたも考え込んでしまう。頭の中では逆光で影になった男の横顔がうっすらと浮かぶだけだった。

素直に分からないと言おうとすると、遮るようにジークフリートが口を挟む。

「リリー、その男は淡い茶色の髪だったはずだ。日に透けると金に近いくらいの」

「え?」

「何で覚えていないの?　まさか庇《かば》ってるわけじゃないよね!?　行方不明だった二日間、僕は生きた心地がしなくて頭がおかしくなりそうだったのに……」

「ジーク……」

「僕は君が心配でずっと眠れなかったよ。連れ去られた瞬間を見たのに追いつけなかったんだ……。どれだけ自分を責めたか分からない。でもね、だからこそ三日前の朝方、門前で毛布に包まれた状態で戻ったリリーをいち早く見つけることができたんだ。僕はその時に犯人を見ている。声をかけるとヤツは振り返った。連れ去った時と同じ男だったよ!　ねぇリリー、分からないことが多すぎるんだ。やっと熱が下がって目が覚めたのに、これじゃどうしていいか分からない。それに君はこんな物、持ってなかったよね？　どうしてこれを持って帰ってきたの？　ねぇ、教えてよ、リリー！」

いつになく強い口調のジークフリートにリリーはビクッと震える。

どうしてこんなに怖い顔をしているんだろう。

兄が誰のことを話しているのかリリーには何一つ分からない。先ほど頭に浮かんだ映像も確信があるわけではなかった。

だが、ジークフリートが懐から取り出した物を見て、リリーは目を丸くする。

「あ、それは……」

差し出されたのは懐中時計《かいちゅう》だ。リリーはそれを手に取り、パッと顔を輝かせる。ジークフリートの眉が不愉快そうに歪《ゆが》められたことには気がつかなかった。

「戻ってきた時、リリーが手に持っていたんだ」

リリーは黙り込んで懐中時計をじっと見つめる。

「ねぇ、リリー。それを見て何か思い出すことはないの？」

苛立《いらだ》った様子にまたビクッと震えるが、躊躇いがちに口を開いた。

「分からないけど……でも、……何だか」

「何？」

「私、これがとても好き」

時計をそっと胸に当て、リリーは小さく笑う。

それを聞いたジークフリートは目を見開き、リリーの手から懐中時計を奪い取った。

「あ――ッ!!」

リリーは叫び、兄の手にしがみつく。

いきなりどうしたのかと、尋常《じんじょう》ではないリリーの様子に部屋にいた誰もが目を見張った。

「返して、返してっ！　お願い、それを返して……っ!!」

悲痛に叫び、リリーは大声で泣き出してしまう。

「な、何…で。変だよ、リリー……」

「返して、返してぇ、触らないでーッ！」

「…ッ、リリー、自分が何を言っているか分かってる？　これは犯人の物なんだよっ!?　おまけに何て乱暴な真似を……、僕がどんなに心配したと思ってるの!?　あまり聞き分けがないと赦《ゆる》さないからね!!」

「いやあああっ!!」

大声で怒鳴られてリリーは更に泣き叫ぶ。

こんなふうに怒られるのは初めてだった。けれど、時計が奪われたことの方が遥かに辛い。リリーは尚も彼の手にしがみつき、返して返してと繰り返し懇願する。

ジークフリートは眉を寄せ、また怒鳴り声を上げようと口を開く。

「まぁまぁ。いっそのこと、それを彼女に持たせたらどうでしょう？」

「何だって!?」

今まで黙って聞いていた捜査官の思いもよらない提案に、ジークフリートは目を剝《む》く。

その剣幕に捜査官は頭をぼりぼりと搔《か》き、困ったように苦笑を浮かべた。

「……いえね。こんなことを言うのもなんですが、今の我々には情報が足りないんですよ」

「そのこととリリーに時計を持たせることと何の関係が……」

「情けない話ですが、この事件に我々は振り回されっぱなしです。伯爵家であるハインミュラーの令嬢が誘拐されたと聞き、我々は当初、名門貴族を狙った金銭目的の犯行と考えました。にもかかわらず、予想していた犯行声明もなく最悪の事態を想像しかけた矢先、彼女が戻ってきたんです。……そこでまた我々を惑わせるのがその懐中時計ですよ。純金で手の込んだ植物の彫金《ちょうきん》、文字盤側の蓋《ふた》を開ければ上部にサファイアが埋め込まれ、蓋の裏側には獅子《しし》の模様が彫られている。とても下賤《げせん》の者が持てる代物とは思えない。しかし、金銭目的での誘拐じゃないなら益々目的が分からない。彼女は全くの無傷で戻ってきたわけですから……」

　ここまでの状況を滔々《とうとう》と説明すると、捜査官は若干疲れた様子で息を漏らす。

　ジークフリートは悔しそうに俯《うつむ》き、無言になった。

「つまり何が言いたいかというとですね。犯人に繫がる手がかりを彼女自身が持っていた方が、思い出すきっかけになるかもしれないってことです。現にこの反応ですよ。様子を見る価値は充分あるでしょう。我々も犯人を捕まえたいんです」

「……っ」

捜査官は指で髭《ひげ》を撫《な》でつけ、にっこりと笑う。ジークフリートは顔を歪ませたが、何も言い返さなかった。

そのまま手に持った懐中時計を睨み、ぐっと握りしめてリリーの前に突き出す。

「……、……ほら」

不服そうではあるが、そう言ってジークフリートは時計を手渡した。

受け取ったリリーはぽろっと涙を零し、ほっとした様子でそれを抱きしめる。

だが、ギリッと奥歯を嚙み締めた音が聞こえてリリーはハッと顔を上げた。いつもは優しい兄の顔が別人のように恐ろしい形相に変わっていて、一瞬で身を硬くする。

「……ご、ごめんなさい」

リリーは青ざめ、震えながら俯く。

けれど懐中時計を手に入れてほっとすることにどんな意味があるのか、自分でもよく分からなかった。それどころか『花の模様の壁紙』『男の横顔』が頭に浮かんだことや、自分が誘拐されたことさえまともに理解できていないのだ。

「では思い出したことがあれば是非ご一報を…。あ、後ほど犯人の似顔絵を作成するので、お兄さんにも引き続きご協力を願いたいのですが」

「ええ、勿論《もちろん》です。先ほどは取り乱してすみませんでした」

「いえ、こちらこそご理解いただき感謝します」

捜査官が立ち上がると、ジークフリートは部屋の外まで彼を見送る。

彼らの姿をベッドの上で見つめていたリリーは、何故だか大きな不安が胸の奥に広がり、手に持った懐中時計を無意識に握りしめていた。分かるのは何か大切なことを忘れている気がするという、とても漠然とした想いがあることだけだった。

その後、伯爵家の強い意向で、捜査には多くの人員が動員され様々な手が尽くされた。にもかかわらず、誘拐の目的や懐中時計だけが残された理由、犯人に繋がる新しい情報はほとんど手に入らなかった。リリーの記憶が戻らなかったことが捜査の手詰まりにも繋がったのだ。医師の説明では高熱を出したことで記憶の混乱が生じたのではないかということだったが、後味の悪さばかりが際立つ話となったのは言うまでもない。

最終的に全ては徒労《とろう》に終わり、多くの人々を巻き込みながらも、事件は未解決のまま幕を閉じる結果となった。

そして、その時の懐中時計は、七年経った現在もリリーが肌身離さず身につけている。

どういうわけか、それを取り上げられると情緒不安定になって一晩中泣き明かしてしまう。あまりに泣くので周囲も困り果て、ペンダントにして持たせてもらえることになった。

リリーにも理由は分からない。とにかく手放したくないという感情が異常なまでに膨《ふく》れ上がるだけで、他に説明のしようがなかった。

ただ、七年前のことを考えると、妙な引っかかりを感じることはある。

唯一の目撃者だったジークフリートをはじめ、誰もがあれを誘拐だったと断言する。リリーが違和感を覚えるのは、むしろそんな周囲の反応の方だった。

あれは本当に誘拐だったのだろうか……？

それほどの恐怖が、あの時の自分にあったようには思えないのだ。

一度だけそれを口にしたことがあったが、普段は優しいジークフリートに激しく叱責《しっせき》されてしまった。その恐ろしさに震え上がって以来、七年前のことを自ら口にするのを避けるようになってしまったほどだ。

そのようなこともあって、リリーには一つだけ黙っていることがある。

この懐中時計を見つめていると、『戻っておいで…』と、声が聞こえる気がするのだ。

変な話だが実際に聞こえるわけではないし、どこに行けばいいのかも分からない。

それでも、この感覚がとても心地の良いものだと言えば、ジークフリートがどんな顔をするかは想像できる。懐中時計は無理にでも取り上げられるだろう。

絶対にこれだけは手放したくない。その気持ちだけは何故かいつも明確だった。

だからリリーは、この秘密を決して打ち明けようとしなかったのだ――。

第一章

「あ、こんなところにいたのね。猫ちゃん、こっちにおいで」

か細い鳴き声の主を探し回っていたリリーは、庭の茂みに迷い込んだ仔猫を見つけた。昨夜の雨を彷徨《さまよ》ったのか、ビショビショに濡れて汚れている。痩せた身体からは骨が浮き上がり、栄養状態はかなり悪そうだった。

「お母さまとはぐれてしまったのね。お腹が空いているでしょう？」

リリーは汚れを気にすることなく仔猫を抱き上げる。小さな頭を指先で撫でると、足早に城へ引き返した。

拾った仔猫はよほどお腹が空いていたようだ。一度も顔を上げることなく差し出されたミルクを夢中で舐《な》め続けている。その横で、リリーはタオルを手に待機していた。まだ少し濡れている身体を拭いてあげようと、飲み終えるのを待っているのだ。

「リリー、帰ったよ。また猫を拾ったんだって？」

不意に扉の向こうからかけられた声に、彼女はパッと顔を上げる。そのまま笑顔で駆け寄り、声の主を部屋へ招き入れた。

「ジーク、おかえりなさい！　早かったのね」

「あぁ、大した用ではなかったからね。全くヨハンのやつ、油断も隙もない……」

「……？」

眉を寄せてブツブツ呟くジークフリートに、リリーはきょとんとして首を傾げる。

その仕草《しぐさ》に小さく息を漏らした彼は、リリーの頬をやんわりと撫でて苦笑を浮かべた。

「深刻な相談だって言うから出向いたのに、恋愛相談だって。適当に聞き流そうと思ったのになかなか話が終わらなくて参ったよ。だけど、三杯目の紅茶を飲み終える頃かな、目当ての女性の名前が出たところでヨハンの意図が分かったから引き上げて来たんだ」

「どうして？」

「ヨハンの奴、よりによって僕を仲介役にしようとしたんだ。僕を懐柔して話を進めたいっていうのが見え見えなんだよ。一目惚れとか言ってたけど冗談じゃない。僕はもう二度と友人を城に招待しないよ……」

大きな溜息《ためいき》を吐《つ》いて彼はリリーを抱きしめる。

ヨハンはジークフリートの友人で男爵家の子息だ。前に一度だけこの城に遊びに来たことがあり、とても優しくしてくれたのでリリーも彼を覚えている。しかし、兄が何に対して怒っているのか分からず、リリーは不思議そうに顔を見上げていた。

ジークフリートがこうしてリリーを必要以上に過保護に扱うのはいつものことだ。昔から兄妹仲は良かった。だが、それに拍車がかかったのは七年前の誘拐事件が起きてからだ。

彼はリリーが誰かとほんの少し接するだけで過剰に反応する。厳しい目は同性にも向けられ、異性との接触は以《もっ》ての外。二人きりでの会話はまず許されなかった。そのせいで友人らしい友人はできず、リリーは極めて狭い世界の中だけで過ごしていた。

「もうおなかいっぱい？」

声をかけると、ミャア、と小さな鳴き声が返ってくる。

リリーは仔猫の傍に屈み、まだ僅《わず》かに濡れている小さな身体をタオルで包み込んだ。

「この子もリリーが面倒を見るの？」

「うん。お母さまとはぐれちゃったみたいだから……」

隣に腰を落とした兄の問いかけに、仔猫を撫でていたリリーは哀しげに頷いた。

「ふぅん…」

ジークフリートはそんな彼女を見つめ、曖昧《あいまい》な相づちを打つ。

この城には気ままに過ごす猫が他に二匹いる。ついこの間までは犬もいたのだが、貰い手が現れたので譲ったところだ。

「……リリー、寂しい？」

「え？」

思わぬ問いかけに、リリーは目を丸くする。

「いや、こうして犬猫を拾ってくるのは、自分と重ねてるからかなって……何となくね」

そう言ってジークフリートはリリーの頭を撫でる。

自分たちの両親はそれぞれ愛人を持ち、ほとんどこの城に戻らない。大切なのは先祖代々受け継いだハインミュラーの家名だけで、父も母も好き勝手に恋愛を愉《たの》しんでいる。今のハインミュラー家にあるのは過去の栄光だけで、真の誇りや名誉はどこにもない。それどころか家族という形さえあやふやだった。誘拐事件が起きた当時も二人が城に戻ることはなく、今日まで子供たちをその手で抱きしめたことがないのだから。

「何でもないよ。リリーは僕がずっと守ってあげる。だから傍を離れたら駄目だよ」

「うん」

「一人で外に出てはいけないよ。危険だからね」

「うん」

「もう絶対にあの時のようなことは起こって欲しくないんだ。犯人だってまだ見つかっていないし、いつまたリリーを連れ去ろうとするか分からないんだから」

「う、…ん。……でも、七年も前のことだし、もう…」

「時間は関係ないだろう？　だって僕は見たんだ。一瞬だけど犯人の顔を…。似顔絵だって作ったし捜索範囲もかなり広げた。なのにどうして……」

「ジーク……」

「この懐中時計だって、きっと何か意味があるんだ。本当は触れさせたくもないのにリリーが泣くから……」

そう言うと、彼はリリーの首にかけられた懐中時計を睨んだ。

その瞳に宿る仄暗さに気づいてリリーはぎくりとする。こんな目をする時の彼が何を考えているのかを知っているからだ。

「ねぇ、……やっぱりこれ、僕に預《あず》けてよ」

懐中時計を指先で弾《はじ》きながら、ジークフリートがぽつりと呟く。

「……ご、ごめんなさい」

想像どおりの言葉に、か細い声でそれだけ言うのが精一杯だった。

カチン、カチン、と懐中時計を弾く音が次第に大きくなり、リリーは青ざめていく。

「あーあ、またかぁ。……何でだろう？　この話になると、どうして君はそんなに悪い子になってしまうの？」

「ごめんなさ…」

「悪いと思うならそれを渡してよ」

「……そ、れは…」

何も言えず、リリーはただ懐中時計を握りしめた。

ジークフリートは苛立った様子で息を漏らす。部屋の中に流れる空気が恐ろしいほどに張りつめていった。

「哀しいよ。……君は今日も僕に〝お仕置《しお》き〟をさせるんだ」

「……ッ」

「わかる？　リリーが悪い子だからいけないんだよ」

低い声に身を硬くすると腕を取られ、一緒に来るよう命じられた。

身体が震え始める。喉がカラカラに渇いて、もう声も出ない。この後に待っているジークフリートの〝お仕置き〟が、とても恐ろしかった——。

❀　❀　❀　❀

「ごめんなさい…っ、ジーク、ごめんなさい……ッ」

リリーは泣きながらジークフリートにひたすら赦しを乞《こ》う。

城の敷地内にひっそりと佇む倉庫に閉じ込められ、鍵をかけられていた。中は真っ暗で、リリーの泣き声だけが先ほどから響き続けている。こうして閉じ込められても誰一人助けてはくれない。皆、ジークフリートのやることには見て見ぬ振りをするからだ。

「ねぇ、リリー。どれだけ同じことを繰り返したらいいの？　あと何回、僕に〝お仕置き〟をさせるの？　こんなに悪い子なら、いっそ捨ててしまおうか」

扉の向こうからジークフリートの冷たい声が聞こえるが、リリーは謝罪を繰り返すことしかできない。

「分かってるのかなぁ。僕がいなかったらリリーは一人ぼっちだ。誰も君に優しくなんてしてくれないよ!?　そんな物の為《ため》に強情を張って、僕に捨てられたらどうするの？　僕はとても不幸だ。やりたくもない〝お仕置き〟を君にさせられて、こんなにも辛い思いをしなければいけないんだから！」

「…っひ、ご、ごめんなさい……、ジーク、ジーク、ゆるして……ッ」

ジークフリート以外、自分には誰もいない。それは本当のことだ。

狭い世界の中で、彼に見捨てられたら何も残らない。それなのに懐中時計に執着してしまう自分が一番悪いのは分かっている。

幾度となく取り上げられそうになって、その度にリリーはジークフリートを怒らせてしまう。自分がこんなにも悪い子だから、彼に〝お仕置き〟をさせてしまうのだ。なのに罪悪感が膨れ上がるだけで、今日もまた懐中時計を手放せそうにない。

「ねぇ、リリー。本当に赦して欲しいと思ってる？」

「ゆ、…ゆるし、て……ッ」

暗くて寒くて、ここはとても怖い場所だ。このままジークフリートが立ち去ってしまったら、本当に一人ぼっちになってしまう。

「赦して欲しかったらどうするの？　ねぇ、リリー。ここから出して欲しいなら、どうすれば良かったんだろうね」

拒絶を赦さない低い声に、ビクッと肩を震わせる。

もう何度も経験してきたことだ。〝お仕置き〟はこれで終わりではない。赦してもらう為には更なる罰を受ける必要がある。何を言わせようとしているのか、彼が何を望んでいるのか、リリーには全て分かっていた。

「……ジークが……から……」

「なに？　全然聞こえない」

「……ッ。全部、ジークが正しいから……、良い子になれるように、〝おまじない〟を、ください」

ガタガタ震えながら、やっとの思いでリリーはそれを言葉にする。

正しいのはジークフリート、悪いのは自分。赦してもらう為には良い子にならなければいけない。それには彼がする〝おまじない〟が必要だった。

静まり返る倉庫に、ギイ…と扉が開く音がやけに大きく響く。

夕焼けに照らされた彼の美しい金髪が風に揺れていた。

「そこの椅子に座ってごらん。……分かるね？　声を上げたらいけないよ」

そう言われてぎこちなく頷くと、ジークフリートは口元を綻ばせる。

指差された椅子に大人しく座ったリリーの身体は、一層震えが大きくなっていた。


――ぴちゃ、ぴちゃ。

再び扉を閉められた倉庫の中で、荒い息づかいと仔猫がミルクを飲んでいる時のような音が延々と響いていた。

今日はいつまで続くのだろう。リリーは悲鳴を上げそうになる自分を必死で抑え込むことしかできなかった。

「……っは、はぁ、……リリー、……リリー……、はぁ、はあ……」

目が慣れてきたので暗がりでも多少は見える。

リリーの足先を美味しそうに頬張り、ジークフリートは恍惚《こうこつ》とした表情で丹念《たんねん》に舌をくねらせていた。息を弾ませ、自身の下肢を手で押さえながら僅かに腰が上下に動いているが、それが何を意味しているのかリリーには分からない。

言われた通り、リリーは座っているだけだ。

こうして手足の先を舐め尽くされ、時折胸の膨らみを服の上から撫でられる。それをただひたすら大人しく受け入れるのが、彼の言う〝おまじない〟だ。

誘拐事件の後、懐中時計を手放せないことで始まったこれらの行為は、当初、閉じ込められるだけで終わるものだった。ジークフリートがその先をリリーに強要し始めたのは、ちょうど彼女の胸が膨らみ始めた年頃からだ。

どうしてこれで良い子になれるのかは分からない。けれど、拒絶することで更に機嫌を損ねたらと思うと、問いかけることさえ躊躇《ちゅうちょ》してしまう。彼に間違いがあるわけがないと自分に言い聞かせ、大人しくすることしかリリーにはできなかったのだ。

「はぁ、…はぁ、リリー、リリー、リリー」

声はうわずり、忙しなく息が弾んでいる。

ジークフリートは不意にリリーのつま先から口を離した。そして、唾液に塗《まみ》れた唇を拭《ぬぐ》うことなく長い舌を突き出し、くるぶしからふくらはぎへ向かって舐め始める。そのまま舌は膝まで辿り着き、震え続けるリリーの両股が強引に広げられた。

「──ッ」

リリーはふやけるほど舐められた己の手で口を塞《ふさ》ぎ、悲鳴を呑み込む。下着の上からとはいえ、陰部にいきなり顔を押し当てられたのだ。

彼の息は先ほどより荒く、自身の下肢に触れた手に忙しなく腰を押し付けている。とても怖い。吐き気がするほど気持ちが悪かった。心の中でひたすら祈り続ける。一秒でも早くこの時間が過ぎて、いつもの優しい兄に戻って欲しいと。

「はぁ、はぁ、はあっ、…ん、ッ、っは、あッ、リリー、リリー、リリー、…あ、あぁ、んあぁ──ッ、……あ、…あ、……、……はぁ、んぅ…ッ、ふ、…は、ぁ、はぁ……」

一際大きく喘いだジークフリートの背中が小さく震えていた。

あと少しで終わる。こんなふうに声を上げて息が苦しそうになると、恐ろしい時間が去ることをリリーは知っていた。けれど、この一秒一秒は途轍《とてつ》もなく長い。

しばらくして呼吸が落ち着くとジークフリートは顔を上げ、蕩《とろ》けるような笑みを向けた。

「リリー、……良い子だね。君が大好きだ。これからも僕の言うことを聞くんだよ」

ほっと胸を撫で下ろし、リリーは唇を震わせる。

いつもの兄がとても好きだ。優しく笑いかけ、傍にいてくれる。そんな人はジークフリートしかいなかった。それなのに優しい彼を豹変《ひょうへん》させる自分はとても悪い子だ。罰を与えられるのは当然のことなのだろう。

けれど、前は数ヶ月に一度くらいだったこの行為が、最近では一月の間に二度、三度と増えてきている。

そのことだけが心底恐ろしく、考える度に胸の奥が冷えていった——。

❀　❀　❀　❀

必死の思いで〝お仕置き〟と〝おまじない〟に堪えたその夜のことだ。

夕食を終えて席を立ったリリーとジークフリートは、家令のルッツに呼び止められた。

振り返ると、彼は恐縮した様子で僅かに青ざめ、目を伏せている。

「このようなことをお尋ねするのは大変失礼に当たると思い、随分迷ったのですが…」

「何のこと？」

ジークフリートは普段と違う家令の様子に眉を寄せている。見れば周囲の者が皆チラチラと自分たちを見ていて、何か様子がおかしいことはリリーでさえ気がついた。

「ハインミュラー家が破産すると、そんな噂が随分囁《ささや》かれているようなのです……」

「——は？」

意味が分からないといった様子でジークフリートは聞き返す。

「どこからそんな噂が……」

「出所《でどころ》は分からないのですが。ただ、ここ数年は税収よりも支出の方が遥かに上回っていることは確かで…。旦那様も奥様もほとんどこちらに足を向けることがありませんので、お伺いする機会を逸《いっ》しておりまして……」

「支出の方が多いって、どういうこと？」

「お二方がそれぞれ過ごされている別邸の改築費用や、内装を整える為の費用。それから宝石や衣裳《いしょう》、旅の費用……、旦那様も奥様も多彩な趣味をお持ちですので、そちらの出費も嵩《かさ》み……」

「ちょっと待って。それはお父様とお母様の浪費が原因ということ？　この城なんてほとんど修繕《しゅうぜん》せずにいるのに……」

「……申し訳…」

「ルッツが謝ることじゃないだろう」

ジークフリートは口元を手で押さえ、厳しい顔で黙り込んだ。

「ジーク、破産って？」

「あ、……」

リリーが問いかけると、ジークフリートはハッとして、不自然なまでの笑みを浮かべた。

「大丈夫、リリーは何も気にしなくていいよ」

「でも……」

「エマ！　リリーを部屋に連れて行ってくれる？　遅いから今日はもう寝かせてあげて」

「は、はい」

まだ夕食を終えたばかりだというのに、彼は突然侍女のエマにそんな指示をする。

リリーは戸惑いながらも背中を押されて歩き出したが、気になって何度も振り返った。

けれど、姿が見えなくなるまでジークフリートが笑顔を崩すことはなく、何が起こっているのか教えてはもらえなかった。


「エマ、破産って？　悪いことなの？」

部屋に戻されたリリーはソワソワしながらエマを振り返る。

「それは、その」

「エマも噂を聞いた？」

「……」

「誰にも言わないわ。お願い、教えて」

不安に揺れるリリーの青い瞳に見つめられ、エマは眉をハの字にする。

少しの間、彼女は逡巡《しゅんじゅん》していたが、やがて観念した様子でぽつりと言った。

「ジーク様に内緒にしてくださるなら…」

「分かったわ」

「……その噂、私も聞きました。仲の良いメイドにコソッと言われたんです」

「何て？」

「身の振り方を考えておいた方がいいって…」

「身の振り方って？」

きょとんと首を傾げるリリーにエマは困ったように俯く。

「それは…、つまり破産なんてことになったら、その……私もここにいられなくなってしまいますし、別の働き口を見つけなければいけませんので」

「えっ!?」

「それに私たち使用人だけではなく、リリー様たちだってこの城や領地を手放したり、色々大事《おおごと》になるんじゃ……」

「う、うそ……、どうしてそんな……」

想像を超えた恐ろしい話にリリーは青ざめ、身体がぶるぶると震え出した。

それを見てエマは慌てて口をつぐむ。

「ですから噂なんですってば。ね？　ジーク様も笑っていらしたでしょう？　何も気にする必要はないんですよ」

「でも……、ジークの顔、とても怖かったわ」

「ちょっとびっくりされただけですよ。綺麗なお顔ですから、少し真顔になるだけでドッキリしますものね」

「……そうなの。七年前の話が出る時も怖い顔になるのよ。私、ジークが怖い顔をすると足が竦《すく》んじゃう。ねぇエマ、本当に大丈夫かしら。みんながバラバラになるのはいや…」

涙を浮かべて見上げると、エマは困ったように小さく頷く。

彼女だって不安なはずだ。それが分かるのに、リリーは不安を押し込めることができない。何かがいつもと違うのだ。嫌な予感を拭えず、身体の芯《しん》が勝手に冷えていく。

「さぁ、着替えましょう。ジーク様の言う通り、もう遅いですから」

「……う、ん」

「今日はリリー様が眠るまで手を握っていましょうね」

「うん…」

本当はいつもよりずっと早い時間だったが、兄の名を出されては頷くしかなかった。

けれど、こんな気持ちは初めてで、どうしていいか分からない。

その夜はエマに手を握られていてもなかなか寝付くことができず、いつもより速く鳴る心臓の音に、リリーは小さく震え続けていた。

❀　❀　❀　❀

翌朝、仔猫の鳴き声を耳にして、リリーの目が徐々に覚めていく。

瞼《まぶた》の向こう側が明るい。もう朝になってしまったのだろうか。

もう一度ミャアと甘えた声が聞こえ、昨日拾った仔猫のものと分かった。ミルクの催促《さいそく》だろうか。エマに用意してもらおう。他の子にもおはようの挨拶をしなければ…。

「……う、…ん」

リリーは眠い目を擦りながら、うっすらと瞼を開く。

いつもより日が高く、少し寝すぎたことに気がついた。

――コン、コン
ノックの音に顔を上げると、エマが入ってきてふわりと笑う。

「今日はゆっくりでしたね、もうお昼前ですよ」

「えっ!?」

「そうそう、昨日リリー様が拾われた仔猫にミルクをあげておきましたからね。勿論、他の子たちにも。いっぱい遊んであげてくださいな」

「うん」

素直に頷き、エマに手伝ってもらいながら着替えを始める。今日用意された服はお気に入りのエンパイア風のワンピースだ。

それだけで上機嫌になって袖を通していたのだが、ふと思い出して顔を上げた。

「ジークは?」

問いかけると、エマの手がピタリと止まる。

「どうしたの?」

「あ、いえ。そういえば、昼前に出かけるとおっしゃっていたかもしれません」

言いながら彼女は再び手を動かし、リリーにワンピースを着せると、ウエストの高い位置にサッシュベルトを巻いて蝶々《ちょうちょう》に結んだ。

「ねぇ、ジークはどこへ行くって？」

「さ、さぁ…」

何だかエマの様子がおかしい。異変に気づいたリリーは無言で部屋を飛び出した。

背後からエマに呼び止められたが、それを振り切り裾の長いスカートを手で持ち上げ、パタパタと城中を走り回る。途中、家令のルッツにたしなめられて一瞬足を止めたけれど、兄の居場所を尋ねた途端に彼が顔色を変えたのですぐにまた走った。

ジークはどこ？　どうして何も言わずに行ってしまうの？

息を切らしながら駆け回り、リリーは庭に飛び出す。

「あの、…あのっ」

周囲を見渡し、庭木の手入れをしていた職人を見つけ、もじもじと声をかける。

「ん？　おや、お嬢様。私なんぞに何の用で？」

「ジークを探しているの。もしも見かけたら教えて欲しくて…」

庭師は大きく頷き、考えながら宙を仰《あお》いだ。

「そういえば、ついさっき見かけたような。どこかに出かけるご様子だったかなぁ」

「ありがとう！」

それならまだ間に合うかもしれない。

リリーは挨拶もそこそこに再び走り出す。どうしてこんなに焦っているのか自分でもよく分からないけれど、追いかけなければいけないと思った。

広い庭が今日は恨めしい。胸が苦しくなるほど走り続けると、門の近くで馬車に乗り込もうとするジークフリートの背中をようやく見つけた。

「ジーク！　行かないでジーク！」

「……リリー？」

自分を呼ぶ声に振り向き、彼は目を丸くした。

「一体どうし…、って、髪がぐちゃぐちゃ…。梳《と》かしてもらってないの？　それに裸足《はだし》じゃないか！　怪我をしたらどうするの!?」

咎められ、リリーは顔をくしゃくしゃにして泣き出してしまう。

「だ、だって…っ、ジークが、ジークが置いてくから…っ」

「あぁ、泣かないで。僕が悪かったよ。一度リリーの部屋に行ったけど、気持ちよさそうに眠っていたから声をかけなかったんだ。起こせばよかったね」

「行かないで…っ」

ポロポロと涙を零して見つめると、ジークフリートは「困ったなあ」と苦笑した。

「今日に限ってどうしたの？」

「だってだって、みんなの様子が変で……っ、昨日だって怖い話をしていたから」

それに、馬車を使う為に自らが門前に出向くなんておかしい。いつもは敷地の中まで入ってくるのだ。リリーに見つからないようにしたかったからではと勘ぐってしまう。

「……リリー」

ジークフリートはリリーの乱れた髪を梳き、足下に跪《ひざまず》いて手を差し出した。

「足は痛くない？　見せてごらん」

そう言ってリリーを見上げ、柔《やわ》らかく微笑む。

しかし、半歩後ずさり、リリーは小さく首を振った。

「大丈夫、痛くないわ。そんなことは気にしなくていいの。お願い、行かないで」

「リリー。この上に足を乗せて」

コートからハンカチを取り出し、彼はそれを地面に広げる。どうしても裸足が気になるようで、リリーの話をちっとも聞いてくれない。

迷った挙げ句、遠慮がちにシルクのハンカチに足を乗せ、ぐすんと鼻をすする。

彼はそこでようやくリリーの問いかけに答えた。

「お父様がいる別邸に行ってくるよ」

「何をしに行くの？」

「少し聞きたいことがあるんだ。ちょっと遠いからすぐには戻れないけど、良い子で待っておいで。ここから出ては駄目だよ、いいね？」

立ち上がるとリリーの頬を撫で、彼は言い聞かせるように囁く。

「それってどれくらい？　一週間？　一ヶ月？　それよりもっと？」

寂しくて心細くて涙が止まらない。けれど、困った様子で黙り込むジークフリートを見て、何となく我が儘を言うのはいけないことのようにも思えてきた。

リリーはぐっと自分を抑えて、やっとのことで口を開く。

「は、はやく戻ってね」

「もちろん。……あぁ、そうだ。大事なことを言い忘れるところだった」

「?」

「僕がいない間、食事をしていいからね」

そう言われ、小さく頷く。

これは昔からの約束事だ。飲み物は好きにしていいけれど、食事はジークフリートと一緒でなければとってはいけない。こうして彼の許可がおりた時だけ、リリーは一人でも食事ができるのだ。

これまでそれを疑問に思ったことは一度もない。リリーは字を書くことも本を読むことも、全て彼の腕の中でやってきた。その上、身の回りのことは何もやらなくてもいいと言われ、常に誰かの手を必要とさせてきたので一人では何もできない。あの〝お仕置き〟や〝おまじない〟でさえ、自分の為にやってくれていることだと信じていた。

「じゃあ、行ってくる。すぐ中に戻るんだよ?」

「うん」

彼はリリーの頬にキスを落とすと小さく手を振り、今度こそ馬車に乗り込んだ。

その背中を追いかけようとしたが、ハンカチに足を乗せているせいで何となく足を動かせない。恐らく彼はそれを見越していたのだろう。

　馬車は動き出し、ゆっくりと進み始める。また泣きそうになったが、旅の無事を祈って懸命に堪えた。

「……行っちゃった」

　リリーは鼻をすすりながら涙を袖で拭った。

　――お父さまに聞きたいことって、やっぱり昨日のことかな……。

　考えられるのはそれしかない。突然降って湧いた破産という話を、彼は父に直接会って確認しようとしている。難しいことはよく分からないが、エマが言っていたように皆がバラバラになってしまうのはとても恐ろしい話だ。

「寒い…」

　リリーはぶるっと震えた。吹きぬける風が冷たい。心細さも相まって余計に寒く感じ、自身を抱きしめると、ふと、門が開けられたままだということに気がつく。よほど慌てていたのだろうと、馬車が消えた門の向こうをじっと見つめた。

　そういえば、一人でここまで外に近づいたのはいつ以来だろう。

　少しの好奇心が頭をもたげた。ジークフリートにたしなめられたばかりだが、別に外に出ていこうというわけじゃない。ここから通りを眺めるくらいは許されるだろうと思った。

「……？」

　ところが、何気なく視界に入った人影に、リリーはハッと息を呑む。

「誰？」

どうしてか声をひそめていた。

背が高く、フロックコートを着こなした身なりのいい若い男が、通りの向こうからこちらを見ているのだ。

もしかしたら顔が向いているだけで、見ているのはリリーではないかもしれない。けれど、その男の存在がやけに気になる。ただそこに立っているだけなのに目を離すことができないのだ。

とても不思議な感覚だった。まるでその場所だけ違う空気が流れているようだ。ライトブラウンの髪がゆらゆらと風に揺れて、たったそれだけの動きが鮮明に見える。リリーは無意識に頬を紅潮させ、思わず吐息を漏らした。

「リリー様ーッ!!」

「…っ！」

突如自分を呼ぶ声が聞こえて我に返る。振り向くとエマがコートや靴を持ち、どたどたと走ってくるところだった。

「エマ！」

「何ていうお転婆なことをっ。まさかリリー様がこんなに足が速いなんて思いませんでしたよ。足も汚れて……まぁ、このハンカチはジーク様が？」

「うん」

こくんと頷くと、エマは「シルクですのに…」とぶつぶつ呟いている。そして、息を乱したまま、せっせとリリーにコートを着せると、はぁ、と大きな溜息をついた。

「お怪我は？　どこも痛いところはありませんか？」

「大丈夫。ごめんなさい」

「いいえ、ご無事で何よりです。さぁ、戻って足を洗いましょうね」

「あ、エマ。今ね、あそこに……」

ふと思い立って、リリーは男のことをエマに話そうと振り返る。

「……あれ？」

しかし、既に男の姿はなかった。人影すら見当たらない。

「どうしました？」

消えちゃったの？　それとも見間違い？　……ううん、幻なんかじゃなかったわ。

首を傾げ、もう一度通りを見つめる。やはりどこにもいない。

だとしても、男のことをエマにどう話すつもりだったのか。

リリーは自分がよく分からず、眉を寄せて考え込んだ。

「さぁ、戻りましょう」

「……うん」

来た道を二人で戻る途中、もう一度通りを振り返る。

けれど、そんな行動の意味が自分でもよく分からず、リリーは首を傾げるばかりだった。

❀　❀　❀　❀

ジークフリートが父の別邸へ向かって、十日目のことだ。

兄の帰りを待ち侘びながら過ごしていたリリーだったが、その日、城の中が突然の喧騒《けんそう》に包まれた。

「……何の騒ぎ？」

バタバタと城中を駆け回るいくつもの足音に眉を寄せ、リリーは立ち上がる。

ミャア、と足下にすり寄る仔猫を抱き上げ、そのまま部屋の扉をそっと開けた。

「えっ!?」

驚愕《きょうがく》で目を見張る。皆、血相を変えて荷物を運び出しているのだ。壁にかかった絵画やシャンデリアを取り外す者、部屋から家具や装飾を運び出す者、実に様々だった。

リリーは廊下に出て呆然とその様子を見ていたが、夢中でそれらの作業をしていた一人にぶつかり尻餅をついてしまう。それに驚いた仔猫は腕からすり抜け、あっという間に廊下に消えてしまった。

「あっ、待って…」

わけが分からない状況にリリーの頭は真っ白になる。よろよろと立ち上がり、何をすべきか分からないまま、走り回る人々の邪魔にならないよう廊下の端《はし》を歩いて仔猫を探した。

そのまま階段を下り、踊り場から下のフロアを見下ろすと、更に大勢の人々が怒声を上げて荷物を持ち出す様子が目に飛び込んでくる。

みんな、何をしているの？

怖い顔をして走り回るのは、知った顔ばかりだ。皆、ここで働いている者たちで、いつもは優しく笑いかけてくれるのに。

これは一体どういうことなのか。よく見れば書類を持った役人らしき者が数人おり、荷物を運び出そうとする者を咎めている。しかし、城内にいる圧倒的な人数を前に、叱責は形ばかりで肩を竦めて見逃す姿も垣間見えた。

「何が起こっているの？」

リリーはぶるっと震え、下に降りるのを躊躇って足を止めた。

そういえば先ほどからエマを見ていない。きっと彼女もこの騒ぎに驚いているだろう。どこかに身を隠しているかもしれない。探してみよう。いや、その前に、この騒ぎの原因を知りたい。ルッツなら知っているだろうか。

リリーは頭の中でぐるぐると考え、ひとまずルッツの姿を探そうと走り出した。けれど、人々の動きに圧倒されてしまい、思うように探せない。馴染みの顔を見かけて話しかけても、皆自分のしていることに夢中で聞いてくれなかった。

リリーは首からさげた懐中時計をぎゅっと握りしめ、唇を震わせる。

ここはどこだろう。知らない場所に迷い込んでしまったのではないだろうか。

「ルッツ、ルッツ……ッ！」

不安に胸を押し潰されそうになりながら、か細い声でルッツを探す。

誰も返事をしてくれない。ルッツなら向こうで見かけたよと、いつもなら誰かが教えてくれるのに…。もしかしたら、皆には自分が見えていないのだろうか。そう思えるほど誰も反応してくれなかった。

「……、リリー？」

ふと、喧騒に紛れて自分を呼ぶ声がした。

やっと気づいてくれた人がいた。そう思ってリリーは涙を浮かべて振り返る。

走り回る人々の中、そこだけ時が止まっているかのようだった。

マーメイドラインのドレスを着て、花と羽根で飾られた帽子を被った青い瞳の女性が、少女のように微笑んでいる。

「——お母さま？」

幻を見ているのではないだろうか。

あまりにこの場にそぐわない雰囲気に包まれている。

「リリー、少し見ないうちにとても綺麗になったのね」

彼女はリリーに近づき、柔らかく抱きしめる。うっとりするほど優しい抱擁だった。

「お母さま、お母さまっ!!」

リリーの緊張は一瞬で解け、ぽろぽろと泣き出してしまう。

「可哀想に、心細かったのね。もう大丈夫よ。一緒に行きましょうね」

「えっ、…どこに？　あの、ジークがまだ帰って……」

「大丈夫、皆一緒よ。裏に馬車を待たせているの」

母はニコニコと微笑みながら、リリーの背中を支えて歩き始める。ジークフリートも一緒ということは、目的どおり彼は父に会えたのだ。だからこうして今、母がリリーの目の前にいる。リリーはほっと胸を撫で下ろした。

それに、これほど近くで母を見るのは初めてで、リリーは彼女の横顔を何度もチラチラと盗み見てしまう。

抱きしめられたのも初めて……。嘘みたいだ。

ふわふわで柔らかく、とても気持ちがいい。兄に抱きしめられるのとは違う温もりがそこにはあった。

「……奥様!?」

先ほどまで探しても見つからなかったルッツの声が後ろから聞こえた。

母はピタリと足を止め、ゆっくりと振り向く。

リリーも振り返ったが、ルッツが抱える金の茶器に目を丸くする。それはとっておきの時に使われるもので、ハインミュラー家が代々受け継いできたものの一つだ。

ルッツはリリーの視線を受けてばつが悪そうに俯き、黙り込んでしまう。

すると、母はくすりと笑って甘い声で彼に囁いた。

「いいのよ、ルッツ。この城のものは好きに処分して構わないわ」

「えっ!?」

ルッツは驚き、目を見開いている。

そんな彼に、母は尚も美しい微笑みを向けた。

「その代わりと言うわけじゃないけれど、今、ここで私たちを見たことも、どこへ向かうかも詮索《せんさく》せず、全て忘れて欲しいのだけれど」

「…は、」

「とても簡単だわ、たったそれだけよ。私もその茶器のことなんて忘れたわ」

「……っ、は、はい」

ルッツは何かを察したらしく慌てて頷く。

母はただ嬉しそうに笑っていた。

「さぁ、あなたも早くここを出なくては、それを取り上げられてしまうわ」

「は、はい」

「さようなら、ルッツ。ごきげんよう」

「はい…、奥様も……」

ルッツの姿が遠ざかる。彼は最後までリリーを見ようとしなかった。

会話の意味がよく分からず、母を見上げる。けれどにっこりと微笑むだけで何も説明してくれなかった。

リリーの心臓はいつもより速く鳴っていた。何故だか母を怖いと思ったのだ。そんな自分に驚き、小さく首を振る。

何が怖いかさえ分からないのに、どうしてそんなふうに思うの？

母は城内の喧騒を感じさせない優雅な動きのまま、リリーを裏口から連れ出した。

彼女が言っていた通り、馬車が待機している。その中に父の姿を見つけた。

「ね？　皆、一緒だと言ったでしょう？」

驚いて声を出せずにいると、母はリリーの背を押して中に入るよう促した。

今日はなんて日だろう。家族全員が揃うなんて何年ぶりかも分からないほどなのに、突然全てが揃ってしまった。

「やあ、リリー。私の隣においで」

「お父さま！」

父はリリーを見るなり手を伸ばし、抱きしめて隣に座らせた。

その力強い抱擁に自然と笑みが零れる。父に抱きしめられたのも初めてだったからだ。

「少し見ないうちにこんなに綺麗になったのか。そういえば、社交界に出てもおかしくない年頃だったな」

「そうね。きっと殿方の視線を独り占めできるわ」

嬉しそうに微笑む父と母。リリーもつられて笑った。

しかし、馬車の中には三人だけだ。ジークフリートの姿はない。

「あの…、ジークは」

「ああ、ジークとは待ち合わせをしているんだよ」

その言葉に安堵し、リリーは大人しく頷く。

父はやんわりと頭を撫で、馬車を走らせる御者《ぎょしゃ》に合図を送った。

動き出す馬車の中、リリーは次第に小さくなっていく城の様子に目を向ける。自分たちがどこへ向かおうとしているのか、よく分からないままだった。

聞こうとすると、父も母もリリーが小さな頃の話を始めたり、二人の若い頃の話になって、いつの間にか話題がすり替わってしまう。二人の話は巧《たく》みで、リリーはただその会話に耳を傾けるだけだった。

しかし、口を挟めなかったのはそのせいだけではない。

両親に囲まれて過ごすことが、リリーにとって夢のように幸福な時間だったからだ。


目的の場所も分からないまま馬車に揺られ、気づけばリリーは眠りに落ちていた。

「リリー、私たちは向こうで用を済ませてくるから、少しここで待っていなさい」

目が覚めたのは、馬車が止まった直後だ。

父に声をかけられ、ハッとして身体を起こす。顔を上げると、二人ともとても優しい笑みを浮かべていて、リリーの頬をそれぞれ撫でると馬車を降りていった。

リリーは中から顔を覗かせ、外の様子をそっと窺う。昼過ぎには城から出たが、今は陽が落ちかけていた。遠くまでやってきたことが分かって、何となく心細い。

ここはどこだろう。ぽつりぽつりと街灯が見えるが、とてもひっそりとした通りだ。

二人が消えたのは通りの中でも大きめの屋敷で、他にも人影が見える。身なりの良い紳士が美しい女性を伴い、夫婦とも恋人とも思える様子で待機している馬車へ乗り込む姿もあった。

そういえば、ジークとはいつ会えるの？

待ち合わせをしていると言っていたから、ここで会えるのかもしれない。もしそうなら家族全員が揃う。考えただけで胸がいっぱいだった。

けれど、いくら待っても二人は戻らない。

馬車の中で一人何をするでもなく彼らを待つ間、リリーは懐中時計を握りしめていた。

これはもう長年染み付いてしまった癖のようなもので、手にしていると安心できるという自己暗示に近い。ジークフリートを待っていたこの十日間も、リリーは何度となくこうして自身を励ましていた。

「君がリリー嬢かな？　待たせてしまって悪かったね」

「――!?」

突然、初老の男が現れて馬車の戸を開けた。

リリーはビクッと震え、咄嗟《とっさ》に端に寄って小さくなる。男はそんな彼女をじっと見ていたが、すぐに笑顔になって大きく頷いた。

「あぁ、すまないね。いきなり開けたから怯えさせてしまったのか。怖がらせるつもりはなかったんだが…。大丈夫、おじさんが馬を引くから中には入らないよ。このまま、また少し馬車を走らせるから、その挨拶にね」

意味が分からず首を傾げた。しかし、尚も全身を舐めるように見続ける男の視線に、リリーは益々小さくなる。まるで品定めをされている気分だった。

「いやぁ、しかしこれはまた驚いた。あのレオ様が女に困っているわけがないと不思議に思っていたが、ここまでの上玉とは……」

「え…？」

「あぁ、いやいや。こっちの話さ。じゃあ、行こうかね」

そう言うと、男はおどけた様子で肩を竦ませ、戸を閉めようとする。

「待って…っ、お父さまとお母さまは……」

リリーは青ざめながら男に問いかけた。今の意味深な言葉も気になったが、それ以上に両親の行方の方が気になって仕方がない。

男は顎髭を撫でながら宙を仰ぐ。僅かな沈黙が続いた。

「……二人から伝言があったのを忘れていたよ」

「伝言？」

「これから向かう屋敷まで良い子でいなさい、だったかな。……聞けるかい？」

「は、はい」

「素直なお嬢さんだなぁ。貴族の令嬢ってのは、皆、そうなのかい？」

「わからな…」

「では行くよ。ほんの三十分ほどだ、そう遠くない」

「あの、ジークは……」

「ジーク？　残念ながら、おじさんは詳しい話はよく知らないんだ。すまないね」

眉を下げて笑みを浮かべ、今度こそ戸を閉められてしまった。

やがて男が御者に交代し、再び馬車が動き始める。

ジークはここにいないの？　だったら待ち合わせはこの先？　お父さまもお母さまも、この先に向かってるの？　大丈夫、良い子にしていれば、きっと会えるわ。だって、みんな一緒だってお母さまは言ったもの……。

リリーは何が何だか分からないまま、懸命に自分を励まし続ける。

しかし、実際は得体の知れない恐怖に怯え、流れる景色をただ見ていることしかできなかった。


「さぁ、着いたよ」

目的の場所に着いたのか、ほどなく馬車が止まる。

すぐに戸が開けられ、先ほどの男が顔を覗かせて手を差し出した。リリーは恐る恐る手を伸ばし、馬車から降りる。

先ほどとは違った閑静《かんせい》な雰囲気の通りだ。周囲の建物はどれも造りが立派で、その中でも今向かおうとしている屋敷は一際大きい。敷地もかなり広そうだった。

門を抜けて扉の前に立つと、男はかしこまりながら獅子の形をしたドアノックハンドルを四回叩く。間もなく出迎えた使用人らしき男性に促されたリリーは、戸惑いつつも屋敷の中へと足を踏み入れた。

「レオンハルト様は、二階の自室でお待ちです」

初めて耳にする名前に考えを巡らせつつ、誘導されるままに足を進める。

そして、広いフロアの中央に構える大階段を上りながら、ふと、一体何の目的でここに連れてこられたのだろうと至極当たり前のことを考えた。それに、これだけ広い屋敷の割に、人が少なく感じるのも不思議だった。

「こちらです」

そう言うと、使用人の男性はノックをして中の様子を窺う。

「……入れ」

一拍置いて聞こえた声にドキッとした。とても低い、抑揚のない声だ。

中に通されると若い男が一人、木製の机を前に腰かけ書類を広げていた。オイルランプの灯りがその姿を静かに照らし、人の気配に彼はゆっくりと顔を上げる。

リリーはその顔を見た瞬間、思わず目を見開いた。

「遅かったな」

「やってきたのが既に夕刻になってからで、その後に少し揉《も》めたもので……」

「揉めた？」

「ええ、まぁ。それもレオ様の言う通り、予想の範囲内の要求だったんですがね。こっちも形だけは抵抗しないと……あ、これが証書でサインはここにしっかりと。それでこっちの書類はいつものリストで……」

リリーを連れてきた男は彼をレオ様と呼び、持ってきた書類を手渡している。そんな二人を見ているうちに、リリーはここに来る前にも男がその名を口にしたことを思い出した。

「礼は後で充分にさせてもらう」

「いやぁ、こっちも少しは役に立たないとねぇ。レオ様からの莫大な出資のおかげで、あれだけ立派な店になったんだから」

「……その収益で、こちらも潤っている」

「いやいや、今のレオ様の稼ぎからすれば……、と、無駄話をしてる場合じゃないですね。また何かあれば何なりと。多少の面倒ごとでもやりますから」

「ありがとう」

「それから、これ。……まぁ、必要ないでしょうが、ウチではかなり評判の品なんで」

「……」

「あっはっは。…じゃあ、お嬢さんも元気でね」

小瓶を手渡されて沈黙する彼の姿を見て、男は声を出して笑っている。そのままリリーにも言葉をかけると、手を振って慌ただしく部屋から出ていった。

リリーはぽかんとして閉まった扉を見つめる。会話の内容が全く分からなかった。

「……そんなところに立っていないで、近くにおいで」

「は、はいっ」

二人きりになった途端、いきなり声をかけられ、弾かれたように振り返る。

真っすぐ向けられた眼差しにドキッとして、何故だか顔が紅潮した。言われるままに、机の傍まで近づいて彼を見つめる。

すっと通った鼻筋、形のいい唇、切れ長の二重。綺麗な顔はジークフリートで見慣れていたが、彼にはどこか色気があって、見つめられると恥ずかしい。

けれど、それだけじゃない。仕草や声、居住まいだけを見ても、兄の連れてくる友人と比べようもないほど落ち着いた雰囲気を持っている。上質な身なりをしていることからも、名の知れた貴族の子息かもしれないと頭の片隅で考えた。

「あの……、はじめまして。リリー・フォン・ハインミュラーです。あなたは…」

リリーは彼が誰なのかを知りたくて自ら名乗った。

しかし、彼は途端に眉をひそめ、僅かに視線を落とす。

「はじめましてか…」

「え？」

何か呟いた気がして聞き返した。

けれど彼は首を横に振り、改めてリリーに目を向ける。

「俺の名はレオンハルト・フェルザー。……レオでいい」

「……レオ」

彼の名を小さく繰り返す。レオ、レオンハルト…とても響きのいい名だ。彼はこの家の主人だろうか。リリーには彼が何者なのかさえ分からない。

ただ、その顔には覚えがあった。この部屋に入って彼を見た瞬間、すぐに気づいた。十日前、ジークフリートを追いかけた時に門の外で見かけた、あの男性だと。

遠目だったから絶対の自信があるわけではない。けれど彼から漂う雰囲気や、この強い視線で釘付けになってしまうのが、あの時と全く同じ感覚なのだ。

「あの、この前……」

「おまえは何故ここにいると思う？」

「えっ？」

言葉は途中で遮られ、レオンハルトの質問にリリーは現実に引き戻される。

そうだった。私はどうしてここにいるんだろう。

答えられずにいると、彼は先ほど渡された書類の一枚を手に取った。

「これはおまえの運命が決定された証書だ」

「……？」

「見ろ、ここにおまえの両親のサインがある。書かれた内容に対して、彼らが承諾したという意味だ。分かるか？」

書類を覗き込むと、確かに父と母の署名があるのが見えた。リリーは頷くが、それが自分の運命とどう関係するのかは分からない。

「ハインミュラー家が今日、破産宣告を受けたのが事の発端だ」

「――っ!?」

静かな声であっさり言われた内容に目を見開いた。

衝撃の大きさに目の前がぐらついたが、それに構うことなく彼は淡々と話を続ける。

「この国の法では、僧・貴族・平民の区別なく、破産管財人が宣言することで全ての財産が差し押さえられる。恐らくはおまえの城にも彼らが出向き、そう宣言されたことだろう。貴族以上の階級に限っては温情によりすぐに住処《すみか》を追われるわけではないが、どちらにしてもこれまでどおりの生活は送れない。おまえたちはほとんど全ての財産を失い、残ったのは貴族の称号だけとなった。世間ではこういう者たちのことを貧乏貴族、没落貴族というらしい。おまえたちも例に漏れずその仲間入りだ」

「……っ」

「申し立てを行ったのは債務者、要はおまえたちの両親だ。彼らは全ての財産を放棄し、債務に当てるという決断をした。とはいえ、己の身を守る算段を充分整えた上でだが」

そう言うと、レオンハルトは懐から鍵の束を取り出した。慣れた様子で鍵の一つを机に差し込み、引き出しから一枚の硬貨を取り出して机に置く。

「見ての通り、これは我が国に流通する金貨だ。この紙には金貨五十万枚で売買契約が成立したと書かれてある」

もう一度、二人が署名した紙を手に持ち、彼は契約内容が書かれてある場所を指先で弾く。しかし、リリーは状況が呑み込めずに不安げに首を傾げるだけだ。

そんな様子を見てレオンハルトは立ち上がる。

そして、鋭い眼差しはそのままに口端を歪め、リリーの耳元で残酷に囁いたのだった。

「おまえは両親に売られたんだ」

「……え？」

低音が頭の芯に刺さり、その衝撃にリリーはフラフラとよろめいた。

見上げると無表情のレオンハルトと目が合った。とても冗談を言っている顔ではない。

リリーは彼から目を逸らせず、胸に仕舞った懐中時計を服の上から握りしめた。真っ白になりかける頭の中では、今日一日の出来事が嵐のように駆け回っている。

確かに城の中で役人らしき人間を見た。あれが破産管財人だったのだろうか。

全ての財産は彼らに差し押さえられ、自分たちには何もなくなった。

ショックは受けたが頭の片隅でどこか納得している自分がいた。

エマも言っていた。破産をすれば城も領地も手放さなければいけなくなると。

けれど一つだけ、どうしても理解できないことがあるのだ。

「でも…、みんな一緒だって、お母さまが……」

がくがくと震え、首を横に振りながらレオンハルトに訴える。

これは何かの間違いだ。そんなわけがない。

「今頃、二人はそれぞれの愛人と共に国外逃亡を図っているだろう。俺はその手配も請け負った。彼らにとっては、おまえよりも金の方が必要だったようだ。最初に提示した金額を土壇場でつり上げたらしいからな」

「……そ、んな」

目の前が霞《かす》む。唇が震え、頬に大きな雫《しずく》が零れ落ちた。

笑顔の二人、初めての抱擁を思い出す。これが父と母の温もりかと、飛び上がりたいほど嬉しかった。『大丈夫、皆一緒よ』と微笑んだ母の言葉がぐるぐると頭の中を回る。

あれは、私を騙《だま》す為の嘘だったの――？

「……っ、……やっ、…違う…、ちが…っ」

少し待っていなさいと言われ、馬車の中で一人彼らを見送った。心細かったけれど、必ず戻ってくると信じていたからだ。

入れ替わりに男がやってきた頃には、もしかして二人とも姿を消していたのだろうか。

実際、彼らは戻ってこなかった。ここに居ないのが何よりの証拠だろう。

頭の中に嫌な考えばかりが浮かぶ。必死で否定するのに止まらない。

リリーは耳を塞ぎ、号泣しながらうずくまった。

しかし、傍に膝をついたレオンハルトに腕を摑まれ、無理矢理引き起こされてしまう。

「話が終わっていない」

「……っ」

リリーは涙で崩れた顔で、呆然と彼を見上げる。

これ以上何の話があるというのだろう。これ以上、一体何を聞けと……。

「おまえは俺の愛人として買われ、ここに来た。拒否権はない。そのことを自覚しろ」

息がかかるほど間近で命令された。

しかし、リリーはただ目を瞬くだけだった。両親に捨てられたことをやっと認識したばかりだ。売られたという言葉に潜む本当の意味など何一つ理解していない。

「愛人…？」

それがどういうことかも分からず、小さく聞き返す。

けれど城にいた頃、よく皆が噂していたのは知っている。父も母もそれぞれ愛人がいて、その人たちと暮らしていると。

リリーはそれを恋人のことだと思っていた。

ならばレオンハルトと恋人になるということだろうか。その為に彼は自分を買ったのだろうか。分からないながらもそんなふうに考えた。

「その身体を使って夜ごと俺を快楽に導くということだ。行為が分からないわけではないだろう？」

「……」

無言のリリーにレオンハルトの眉が不快そうに歪められた。

それを見てリリーは怯え、摑まれた手を振り払って部屋の隅に逃げる。どうしてそうしたのかはよく分からない。ただ、彼の手の力が強くて、とても怖かった。

「何のつもりだ？」

迫る靴音にビクッと震え、壁に張り付いた。

背後で溜息が聞こえ、また靴音が迫る。リリーはカリカリと壁を引っ搔き、青ざめながら助けを呼んだ。

「ジーク…ッ!!」

不意に、迫る靴音がピタリと止まった。

部屋の中はリリーのか細い声と怯えた息づかいだけが響いている。

何となくそれを不審に思い、リリーは背後に神経を傾けた。

身じろぎする気配どころか、息をする音さえ聞こえない。次第に自分以外この部屋には誰も居ないのではないかと思い始め、恐る恐る後ろを振り返った。

「……っ！」

目が合うと逸らせなくなるのに、どうして振り返ったのだろう。

レオンハルトは真後ろに立って、リリーを黙って見下ろしていただけだった。しかも観察しているかのようなその目は、先ほどと同じで感情が全く見えない。

「そういえばおまえには兄がいたな。確か、名はジークフリート。それでジークか……」

やがて、彼はそう呟いてリリーに手を伸ばす。

頭の左右に両手をつき、レオンハルトの顔が間近に迫った。

「兄とはいえ、こんな時に他の男の名を呼ぶことは赦さない。立場を考えろ」

強い命令にビクッと震える。レオンハルトから立ち上る空気はどんどん冷たくなり、目つきが鋭くなっていく。

「おまえがこの環境に慣れるまで何もする気はなかったが、そんな顔を向けられるとは心外だ。それとも、俺のような平民に屈することは貴族としてのプライドが許さないか？……本当におまえたちの思考は下らない」

そう言って、レオンハルトは冷淡にリリーを見下ろす。

そもそも彼が貴族かそうでないかも知らなかったリリーに、そんな考えが浮かぶわけがなかった。その上、社交界を知らず、ハインミュラーの城からも滅多に出たことがない。かなりの世間知らずということもあり、そのような思考さえ持っていなかった。

リリーは戸惑いを隠せない。もしかして彼は貴族が嫌いなのだろうか。

「……リリー、これだけは覚えておけ」

低い声が耳元でそっと囁く。

彼のサラサラの髪が頬を掠《かす》め、こんな時なのにドキッとして息を呑んだ。

「俺にはどうしても一つ、赦せないことがある。人に欺《あざむ》かれることだ。他の誰がそれをしようと、おまえがすることだけは絶対に赦さない。……いいか、何があってもこれだけは破らないと約束しろ」

「は、はい」

リリーは訳も分からず反射的に頷く。

破った場合はどうなるのだろう。頭の隅で思ったが、考えてみるとそんな酷いことをして平然としていられる器用さなど持っていない。そこに思い至り、あまり難しいことを言われているわけではないようだと、彼女は密かに胸を撫で下ろした。

「それから、もう一つ」

一層鋭い眼差しで、彼にじっと見下ろされる。

リリーは身を硬くして、何も言わずに次の言葉を待った。

「おまえが俺にとって価値がないと分かれば、いつでも手放すつもりだ。その時は、おまえに次の役割を与えてやる」

「……？」

「まずは先ほどおまえを連れてきた男に預ける。彼は俺がオーナーを務める娼館《しょうかん》の店主だ。たっぷり指導してもらうといい」

「…娼館？」

「俺は今、いくつかの事業を興《おこ》している身だが、父の代から続いている娼館には今も出資を続けている。本当は潰してしまいたいくらいだが、何かと優れた情報源として役立つ上に仲介役としても優秀、存在価値は充分だ。客は貴族や成金の商人ばかりで金に糸目を付けない連中が多い。おまえはそこで娼婦として身体を売り、おまえの両親に払った対価に見合うだけの働きをしろ。本物の貴族が娼婦をしていると噂が広まれば、男たちはさぞおまえに群がるだろう。…なに、俺一人に抱かれるか、捨てられてその他大勢に抱かれるか、その程度の違いしかない。精々一生をかけて俺の役に立つといい」

レオンハルトは何でもないことのように淡々と恐ろしい言葉を投げかける。

世間知らずのリリーでも、ここまで言われれば自分の立場を理解するというものだ。

「……いやっ、…いやっ」

リリーは怯えながら無表情のレオンハルトを見上げた。

彼の言う愛人とは恋人ではない。そんな甘いものではなかったのだ。

けれどキスをしたことさえないリリーに、どうしたらそんな真似ができるだろう。

しかも価値がないと判断されれば、彼以外の男たちに身体を差し出さなければならない。

悪夢だ。一人がいいか、その他大勢がいいか……その選択肢しかないなら、彼一人の方がよほどいいに決まっている。捨てられるのは、もう嫌だ。

そう思っても怖くて怖くて堪らない。現実を突きつけられたからといって、簡単に受け入れられる内容ではなかった。

「ジーク、ジーク、ジーク、……助けて、ジーク……ッ!!」

早く帰ると言ったのに、一体いつになったら戻ってくるの？　気がついたら知らない場所に来てしまった。きっと怖い夢を見ているに違いない。お願いだから早く助けて。

リリーはレオンハルトの腕の中でひたすらジークフリートに助けを求めた。

しかし、兄の名を呼べば呼ぶほど彼の目つきは鋭くなる。

遂には抱き上げられ、そのままベッドに運ばれてしまった。

「言ったはずだ。おまえが口にすべきは他の男の名ではないと」

彼の声で一瞬のうちに現実に戻され、またその瞳から目を逸らせなくなった。

吸い込まれそうな深い色の瞳。突然時がゆっくりと流れ、彼の表情一つひとつが鮮明に見え始める。十日前と同じだ。

そのうちに、不愉快に歪められた眉に違和感を覚えた。

もしかしてレオは怒っているのだろうか。

リリーはそのことにようやく気がついた。だとすれば、きっと何か怒らせることをしたのだ。あまりに聞き分けがないからいい加減うんざりしたのかもしれない。だって最初にこの部屋に入った時は、彼を怖いと思わなかった。

もう価値がないと早々に見限られてしまったらどうしよう。

どうしたら許してくれるの。整った顔で冷たく見下ろされると足が竦んでしまう。

ふと、ジークフリートに閉じ込められた時のことを思い出す。そうだ、自分が悪い子だからいけない。早く直さなければ捨てられてしまう。一人ぼっちはとても怖い。

「――お願い、良い子にするから、よそにやらないで……」

「……」

「許して、レオ…ッ」

涙ながらに懇願すると、レオンハルトは僅かに目を細める。

彼はリリーをベッドに座らせると無言で見つめていたが、すぐに視線を落としてうっすらと笑みを浮かべた。

「ならば、着ているもの全てを自分で脱ぎ捨ててみろ」

リリーの小さな唇を指先で弾き、彼はそんなことを命令する。

着ているものを自分で脱ぐ？

「できな…」

青ざめながら彼を見上げるが、冷淡な視線を返され、できないとは言えなくなった。

「……、……ッ」

指先を震わせながら、リリーはドレスの前ボタンを外していく。

ぐすぐすと鼻をすすり、時間がかかったが、何とかウエスト部分が締まったレースのジャケットを脱ぐ。それから、お尻の部分が大きく膨らんだバッスルスカートをたくし上げ、震えながら後ろに手を回した。

落ち着いてやればできるはず……、自分に言い聞かせて唇を噛み締めた。

ところが、すぐにリリーは難関に突き当たってしまう。スカートのボタンが後ろに付いているからうまく外せない。服を脱ぐのも着るのもいつもエマに手伝ってもらっている。ジークフリートの指示で身の回りのことは誰かがしてくれた。だから一人で全て脱ぐことなど、本当は初めてなのだ。

「……許して…ッ、っひ…ッ、できるように練習、する、から…ッ」

涙が止まらない。いつも人に手伝ってもらい、自分だけではこんなことさえできないと今になって気づくなんて……。

「仕方のないやつだ。……おまえ、全く成長していないな」

すると、ここまで黙って見ていたレオンハルトが突然そう言って苦笑を漏らした。

「……、……え？」

驚いて見上げると、厳しい表情が少しだけ柔らかくなっていた。たったそれだけのことにリリーの涙は少しだけ引っ込む。

「……今の、どういう…」

自分のことを知っているような口調が気になり、リリーは問いかけようとする。

「いいからじっとしていろ」

けれど突然腰に手を回され、意識が逸らされる。

それでも彼をじっと見ていると、先ほどまでとは違う優しい眼差しと目が合った。

もう怒っていないのだろうか。考えている間に次々とボタンが外されていく。

「他にも手伝わなければ脱げないのか？」

「…あ、……」

何て器用な指先だろう。今がどういう状況かも忘れて彼を尊敬してしまった。

そして、下に着ているブラウスに視線を落とし、更にその下にも着ているものを思い出しながらもう一度レオンハルトを見上げる。

「……このブラウス、後ろにボタンが…。それからコルセットも…」

もじもじしながら正直に言うリリーに、レオンハルトは微かに笑う。

笑うととても優しい。思わず見入っていると、無言で身体を反転させられた。背中に細かく付けられた小さなボタンは次々に外され、そのままコルセットを脱がしてもらう間、リリーは所在無さげに俯く。男の人にこんなことをされていることも、それを任せっきりでいる自分も恥ずかしくて堪らなかった。

下着だけになったところでレオンハルトと向かい合う。男性にこんな姿を晒していると思うだけで身体が勝手に震える。けれど、これが命令の全てではない。レオンハルトは着ているものを全て脱げと言ったのだ。

リリーは震える手でシュミーズに手をかける。衣擦れの音が部屋に響き、やがて露《あら》わになった胸を手で隠しながらドロワーズの紐《ひも》を解いて下も脱いだ。

完全に裸だ。本当に生まれたままの姿を晒してしまった。

「……こ、これで許してくれる？」

目に涙を溜めて彼を見上げる。

「そんなわけないだろう。おまえは何の為にここに来たんだ？」

「……！」

改めて言われて、リリーは目を見開く。

優しい顔を見せてくれたから、これで終わりだと勝手に考えていた。

けれど彼の言葉はもっともだ。どうして自分が脱げと命令されたのか、何の目的でここにやってきたのか、赦しを乞ううちにすっかり忘れてしまっていた。

「……や、」

自分の甘さに狼狽え、逃げようと身を翻《ひるがえ》す。予想していたのかレオンハルトに足首を掴まれ、リリーはベッドにうつ伏せに倒れ込んだ。

そのまま背後から伸し掛かられ、彼の指先が背筋をゆっくりと辿る。ぞくぞくと身体中が粟立ち、小さな悲鳴が上がった。

「ひぅ…ッ、……や、……ク、……ジーク……ッ」

足をばたつかせ、この拘束から逃れようと、尚ももがき続ける。

けれど、もがいた腕は容易《たやす》く捉えられ、仰向けにされると息がかかるほど間近で彼に見つめられた。またも一瞬で身体の動きが止まってしまう。一体どうしてこうなってしまうのか、自分で自分が理解できない。

「……あ、……助け…」

「また振り出しか…。ジークはよほどおまえを甘やかしたようだな。……だが、いくら呼んでも誰も助けには来ない。おまえは黙って俺の腕の中で啼《な》いていろ」

「や…ッ、ジーク……」

「もう喋るな」

「…んんっ」

強引に唇を重ねられ、リリーは驚愕に目を見開く。両手で彼の身体を押し返そうと力を込めたが、びくともしなかった。

間を置かずに咥内に舌が滑り込み、あっという間にリリーの小さな舌が絡めとられる。胸を叩いて嫌だと訴えるも、意に介さず熱い舌が口の中を蹂躙《じゅうりん》した。

「…っふ、…ふぅ、……ぷはっ、…ッ、はぁ、…いや、……んぅッ」

苦しさに顔を背けると僅かに口が離れたが、またすぐに塞がれてしまう。

これはキスなんだろうか。想像していたのと違う。こんなに苦しくて、わけが分からなくなるものだなんて思わなかった。

そのうちに胸の膨らみに温もりを感じてぴくんと身体が跳《は》ねる。視線を落とすとレオンハルトの右手が乳房に触れていた。

「あッ!?」

リリーは小さく声を上げ、目を丸くした。

これまで服の上からならジークフリートに触れられることはあった。しかし、どういうわけか、あの時の感覚とは違うのだ。それは直《じか》に触れられているとか服の上だとか、そういうものとは違う次元の感覚に思えた。

——何で…？　どうしてこんな……っ。

丸く円を描きながら、手のひらで膨らみを撫でられる。指先で突起を弾かれると、身体がビクンと小さく跳ねた。

リリーは激しく動揺する。どうしてか嫌悪感がない。そのことに驚き、身を捩《よじ》ろうとしたが抵抗は何の意味もなさなかった。

「…ん、んー、ふぅ、…ぷはっ、……レオ…ッ、や、あぅ…ッ」

空気を求めて顔を背け、リリーは真っ赤になって首を振る。

「形だけなら抵抗するな」

言葉の意味が分からず見上げると、彼は首筋に唇を寄せてリリーをきつく抱きしめた。

そのまま唇は肌の上を滑り、胸の頂きを掠める。

「あ…っ」

ぴちゃ、と突起を舌で嬲《なぶ》られ、何故か甘えたような声が漏れてしまう。自分の声ではないみたいで、慌てて口を押さえた。

どうしよう。本当に気持ち悪く感じない。何も身に纏《まと》っていない分、これは〝おまじない〟よりずっと恐ろしい行為のはずだ。なのに、どうしてそう思わないのだろう。

一人混乱していると、レオンハルトは意地の悪い笑みを浮かべる。そして、自分の舌が胸の上でどう動いているのか、リリーにも分かるよう大きく突き出した。

それを見たリリーは真っ赤になったが、どうしてか目が離せない。恥ずかしいと思うのに、その淫らな舌の動きを追いかけてしまう。

「あっ、…あっ、あっ」

口を押さえているのに、鼻にかかった声が出てしまう。

一体何が起こっているの。尚も続く混乱に狼狽えていると、彼の指先が下肢へと伸びて、リリーは一瞬で身を硬くした。

「や、そこは……ッ！」

下着の上からソコに顔を押し付けるジークフリートの姿が頭を過り、背筋が凍る。

しかし、脚を閉じようとした時には身体の中心に指先が辿り着いていた。抵抗する前に唇は塞がれ、まともに言葉を発する余裕さえ与えてくれない。

「っふ、んぅ、ん、…ッ」

ゆっくりと芽を擦られ、びくびくと身体を震わせながら涙を零す。

こんなのおかしい。下着越しでもジークはあんなに嫌だったのに……。

ただでさえ裸を見られて恥ずかしいのに、こんな場所を直接触られてどこかのネジが飛んでしまったのだろうか。羞恥を感じても嫌悪感が生まれないのだ。自分のことなのに全く理解できなかった。

「――ッ！　…あっ、…いた、い」

そうしている間に彼の指先は中心を捉え、ゆっくりと中に入れられてしまう。

ぴりっとする痛みを感じてリリーは身を捩った。

「狭いな」

眉をひそめ、レオンハルトはそんな感想を口にする。

初めて感じる異物から逃れようとするが、中に入れられた指がゆるゆると動くので、その度に身体が強ばって碌《ろく》な抵抗ができない。

けれど、やがて痛みは薄らいでいく。それどころか、動きに慣れるともどかしい感覚が湧き上がってくるのだ。

その心を見透かされたのだろうか。彼は小さく笑うと、もう一本指を増やした。

「ん…ッ」

少し苦しくて目に涙が浮かぶ。

しかし、その繊細な指先で時間をかけて色んな場所を擦られていくうちに、またも身体が慣れ始めて、もどかしく感じてしまう。

「あぁ…ッ!?」

そして、指先がある場所を擦った瞬間、リリーは大きく声を上げた。

今までとは違う衝撃に頭が真っ白になる。慌てて口を押さえてレオンハルトを見ると、彼は僅かに笑みを浮かべていた。その表情に釘付けになっていると、今度はそこばかりを繰り返し擦られる。次第にお腹の奥が熱くなり、自然と息が弾んでいく。

「あ、…やぁ、……ああっん」

いつの間にか、指の動きに合わせて微かな水音が響いていた。

それはとても淫らで恥ずかしい音だ。掻き回される度に大きくなるので、リリーの顔は真っ赤に染まっていく。

「リリー、……おまえが弱いところはここか？」

耳元で囁かれる低い声に頭の奥まで刺激され、びくびくと震えた。

何だろう、彼に囁かれると力が入らなくなる。その声に身体中が反応して、指を締め付けてしまう。

「はぁっ、あ、…やぁ、…や、や、レオ、お腹……奥が、変なの…ッ」

頬を紅潮させながらレオンハルトを見上げる。

水音はぐちゅぐちゅと激しく鳴り響き、恥ずかしいのに擦られると堪らない。どんどん息があがり、身体がどこかに弾け飛んでしまいそうだった。

そんなリリーを見て、レオンハルトは愉しそうに唇を綻ばせている。色気のある眼差しにくらくらした。こんなにドキドキする顔をした男の人は見たことがない。

「……あっ、レオ、…レオ、レオ…ッ」

次第に彼しか目に入らなくなり、リリーは自分からレオンハルトにしがみついていた。

逞しい腕に抱きしめられて身体の奥が一層熱くなる。

「そのまま、一度、達しておけ」

「レオ、レオ、……あっ！　ッあ、あ、あ、あぁあー……、……ッ」

何のことかも分からないまま、彼の命令に身体が大きく反応した。

指の動きに内側が激しくうねり、ビクビクと痙攣《けいれん》している。脚ががくがくと震え、全身に力が入って息をするのも忘れた。

「……あ、……ぁ、……っ、……は、……、……」

頭の中は真っ白で、一瞬で高い場所に放り投げられてしまったみたいだ。

「……は、……っは、はぁ、はあっ……」

一拍置いて呼吸を取り戻し、呆然と彼を見上げる。何が起こったのかよく分からない。

彼はリリーが絶頂に達する様子を黙って見ていたが、やがて自身のシャツのボタンを外していく。隠れていた肌が見え、動きに合わせて浮き出る鎖骨から目が離せない。そんなリリーに苦笑した彼は触れるだけのキスをする。

「リリー、舌を出してごらん」

「…ぁ、…ん」

「こうだ、俺と同じように」

「あ、はぁ……」

未だフワフワと空を漂っている感覚のまま、リリーは声に耳を傾ける。

レオンハルトの舌は薄く開いた彼女の唇を抜け、器用に舌先を突いてきた。それに反応したリリーは、素直に舌を突き出して彼のものと絡め合った。

先ほどされた時は苦しくて何も分からなくなってしまったのに、今は不思議と気持ちがいい。こうしているだけで、また身体の奥が熱くなってくる気がした。

「…ん、ん、…ふぅ」

夢中で唇を重ねていると、レオンハルトはゆっくりと身を起こす。自然と唇が離れてしまい、追いかけようと舌を突き出すと、代わりに彼の指先がリリーの舌をそっと撫でた。

レオンハルトはうっすらと笑みを浮かべる。唇から彼の赤い舌が見え隠れして、その壮絶な色気にごくんと喉を鳴らす。そして、先ほどまで自分と絡め合っていた動きを思い出し、無意識に彼の指に舌を絡めた。

「少しだけ、そうやって指を舐めていろ」

指先がリリーの舌を何度も撫でる。

ぞくぞくした。動く度に、もっと撫でて欲しくて夢中で舌を突き出してしまう。

望むままに舌先を繰り返し撫でられ、うっとりと彼を見つめる。レオンハルトの情欲に染まった瞳がしっとりと濡れていた。

「…ッ!? …ん、んんッ」

しかし、突然リリーは目を見開く。身体の中心に熱い塊《かたまり》が触れ、それが少しずつ中に押し入ってきたのだ。混乱気味にレオンハルトを見上げるが何も答えてくれない。彼の指先が舌の上をくすぐり、それに気を取られていると、どんどん内部に侵入されてしまう。

「……ふぅ、…んん、…ん、…んぅう」

指を噛んではいけないと思うから、唇は開いたままでくぐもった声しか出せない。

小さくもがくと口端から唾液が零れてしまう。恥ずかしさに顔を紅潮させるとレオンハルトの舌先がリリーの頬を辿り、零れた唾液を丁寧に舐めとっていく。そのまま彼女の耳を甘噛みしながら、彼は一層大きく腰を進めた。

「んん、ん、んぅ……ッ、っぷは、……はぁ、はぁ、はぁっ」

これ以上は受け入れられないと思った瞬間、咥えさせられていた指が引き抜かれた。すぐに空気を求めて喘ぎ、涙目で身を捩ろうとする。

しかし、腕を取られて強引に引き寄せられ、先ほどより繋がりが深くなってしまった。

リリーは涙を零して首を振り、尚もその腕から逃れようと小さくもがく。

「や…、くる、し……ッ、レオ、……やぁっ、あぁぁっ」

リリーは喉を反らして強い痛みに声を上げた。

にもかかわらず、身体を貫く熱の塊は強引に動き始める。泣きながらレオンハルトの身体を押して、少しでも離れようと懸命に抵抗しようとした。

しかし彼は赦してくれない。何をしても簡単に封じ込められ、すぐに腕の中へと閉じ込められてしまう。擦られる度に痛みも募り、それがリリーを更に混乱させた。

「……ひぅ、…や、レオ、レオ…いたい…、やぁぁ、うごかないで…っ！」

「リリー、落ち着け」

耳元で低く囁かれる。リリーは身体を震わせ、少しだけ抵抗する力を緩めた。

こんな時でも不思議と彼の声には従ってしまう。その瞳に釘付けになるのと同じで、自分の中の何かが声にまで反応してしまうみたいだ。

「……ん、……っ」

彼は溢れる涙を唇で拭い、顔中にキスを降らせた。驚くほど優しい愛撫に吐息が漏れる。少し力が抜けたのを見計らい、レオンハルトは甘く囁いた。

「よく思い出してごらん。今、擦られているのはどこだと思う？」

そう言って腰を揺らし、リリーの中をゆっくり掻き回す。

また泣きそうな顔をすると、「そうじゃない」と言って、また腰を揺らした。

「先ほどここを指で何度も擦られただろう？　あれと少しも変わらない。同じことをしているだけだ。……分かるか？」

優しい口調で言われ、リリーは驚きながら彼の動きを確かめる。

あれと同じ？　本当に？

「中を擦られて、とても気持ちよかっただろう？　このまま続ければあれより気持ちよくなれるのに、どうして逃げようとする？」

「……ッ、……ん」

本当は指などと比べられるものではないのだが、レオンハルトの言葉にリリーの心は早くも揺れ始めていた。迷いなく断言するので『そうなのかもしれない』と思えてきたのだ。

それに、こんなふうに優しく言ってくれている人が嘘をつくだろうか。

そんなことを考えながら、リリーは彼をじっと見上げた。

「苦しいと思ったら抱きついていればいい。最後まで上手にできたら、沢山《たくさん》キスをあげようか。次はもっとずっと甘いかもしれない」

リリーはレオンハルトの形のいい唇を見て、ごく、と喉を鳴らした。

舌を絡め合った時の心地良さを思い出し、目がトロンとする。

あれよりも甘いキスがあるなんて……。

まるで特別なご褒美《ほうび》のように思え、リリーは頷く代わりにぎゅっと抱きついた。

「あ…っ、んんッ」

するとレオンハルトの腰の動きが再開され、ぐっと中を突き上げられる。その熱さに声を上げたが、不思議なことに先ほどまでとは少し違っていた。

一度落ち着いたことで何かが変わったのだろうか。言葉の魔法にかかってしまったというのもあるかもしれない。

指で擦られたのと同じ場所を擦られているなら、苦しいだけで終わるわけがない。そう思って、あの時の感覚を追いかけようと、熱の籠った目で彼を見つめ続ける。

先ほどはレオンハルトしか目に入らなかった。彼に見つめられるとそれだけで身体が熱くなり、後は身を委ねるだけでよかったのだ。ならば同じようにすればいいに違いない。

「…あっ、あっ、あっ、レオ、レオ」

また水音が大きく響き始めていた。レオンハルトが腰を揺らす度に淫らな音が頭の中にまで響き渡る。恥ずかしく思って目を瞑ると、わざとリリーに聞かせるように大きく揺らされた。

羞恥に堪えきれず首を振って強く抱きつく。しかし、今度は舌先で胸の突起を転がされた。ぴちゃぴちゃと音を立てて舐められ、甘噛みされるとお腹の奥がじわじわと熱くなってもどかしい。切なくて、無意識に彼をきつく締め付けた。

「……っ、…、ん……」

乱れた息が胸にかかり、その熱さに身体を震わせる。

今の声はレオ？

吐息に混じる掠れた声にリリーは息を呑む。男性の声に色気を感じたのは初めてだった。

「…は、……リリー、とても上手じゃないか。初めてだと俺を騙して惑わせているのか？」

苦しそうに息を漏らし、レオンハルトは耳たぶに歯を立てる。

その言葉が理解できずに首を傾げるも、褒められているように感じて笑みを浮かべかけた。だが、耳元に感じた熱い吐息で身体に力が入らなくなってしまう。

その直後だった。

「あっ!?　あぁっ、は、あっ…ッ!!」

途端にこれまでとは比べものにならない激しい抽送が始められる。

突然のことに何が起こったのか分からないまま、リリーはその熱に呑み込まれた。

しかも彼女が逃げられないよう両足を抱え、レオンハルトは熱の籠った眼差しでリリーを見下ろしている。その熱い息と同じように、彼の身体も全てが燃えるようだった。

「ひぅ、……あ、あ、…や、…あぁっ」

首筋に唇が強く吸い付き、いくつもの痕《あと》がつけられていく。次第にその唇は顎を滑り、リリーの唇に辿り着き、喘ぎまでもが封じられた。

「ふぅ、ん、んんー、ん、…ぷは、はぁっ、んんぅ、んーー」

苦しさにもがき、顔を背けるもすぐにまた塞がれる。

何度もそれを繰り返し、身体を揺さぶられながらリリーは喘ぐ。彼は乱暴に掻き回しているわけではなく、敏感な場所ばかりを執拗《しつよう》に擦っているのだ。

熱くて苦しいけれど、痛みは麻痺してよく分からなくなっていた。ただ、同じ場所ばかりを刺激され、そこを突かれる度にお腹の奥が切なくなってくる。これはもしかして、先ほど指で感じたあの感覚が迫っているのだろうか。

「ふぅ、ん、ん、…っ、んッ、ふ、…んぅ、んん、ん、んッ…っ」

部屋中に響き渡る厭《いや》らしい音に追いつめられていく。軋《きし》むベッドの音も一層忙しなく、塞がれた口から漏れる声で、限界が近いことを予感した。

「…ッ、…は、……リリー……ッ」

レオンハルトの掠れた声にぞくぞくする。濡れた眼差しで見つめられ、その声で名前を呼ばれることに胸が高鳴った。

苦しい、でも彼の唇に触れていたい。とても甘いのだ。だからもっと欲しいと、リリーは彼に顔を近づけようとした。

けれどその瞬間、中を大きく擦られてそれどころではなくなってしまう。一気に高みへと押し上げられ、背中を弓なりに反らした。

「あぁっっ、レオ…、や、あ、あ、あぁっ、あぁぁーーッ、………ッ!!」

びくびくびく、と身体が痙攣し、繋がった場所が大きくうねる。

その動きに刺激を受けたレオンハルトも背筋を震わせ、低く呻いていた。

「……っ、……ッ、ん、……ッく……」

耳元で彼の切なげな喘ぎが聞こえる。

息を止め、痛いほど抱きしめるレオンハルトの腕がぶるぶると震えていた。

少しして吐き出された苦しげな息が耳を掠め、大きく彼を締め付けてしまう。

身体の奥が痙攣して止まらない。頭の中が真っ白になっていく。

「……っは、あ、…はぁっ、…はぁっ」

肩で息をしながら、リリーは天井を見上げた。

そして、少しだけ冷静な自分が頭の隅で目覚め、ほんの数秒前までの己の痴態《ちたい》に小さな疑問を投げかける。

――私……どうしてしまったの?

呆然と瞬きをする。自分がよく分からず、ただ首を傾げた。随分簡単に身体を開いてしまった気がする。

けれど、力で敵わないとはいえ、嫌ならもっと抵抗したのではないだろうか？

熱い肌、吐息、力強い腕。全てを受け入れるのはあっという間で、その瞳で見つめられると目を逸らせず、囁かれると無意識に従ってしまう自分がいた。触れられることも、身体を重ねることもどうしてか嫌ではなかった。ジークフリートに触れられるのは、あれほど嫌だったというのに……。

いや、そもそもレオンハルトが初めての相手だ。性に対する知識が乏しい自分が、ジークフリートの〝おまじない〟と比較すること自体間違っているのかもしれない。だとすると、もしかして誰にでも浅ましく感じてしまう身体なのでは……。

リリーはぽろぽろと涙を零す。自分のことなのに何一つ分からなかった。

どうしてこうなったのだろう。今朝まではいつもと同じ日常で、兄の帰りを待っていただけだったのに。

「……リリー、そんなふうに泣くな。おまえの体温があの時と同じだったから、俺は……」

遠ざかる意識の向こうでレオンハルトの声を聞いた。

どういう意味だろう。聞こうとしたけれど瞼が重くて開けられない。

そのうちに伸し掛かる重みが消え、彼の気配がなくなった。

それからどれだけ経ったのか…。飛んでいた意識が僅かに戻り、リリーは瞼を開ける。

レオンハルトの姿がない。やけに静かだ。もしかして今までのは夢だったのだろうか。

視線をずらすと、リリーの懐中時計を耳に当て、窓の外を眺めている彼を見つけた。

カチ、カチ、カチ、秒針の音を一緒に聞いている気分になった。

横顔が月明かりに照らされている。この世のものではないと言われても信じてしまうくらい、その顔は切なくて綺麗だった。

だけど、この感じは何だろう？　すごく不思議な気分だ。

いつだったか……私はこの光景を見たことがなかっただろうか？

ああだけど、もうだめ。もう目を開けていられない。とても疲れてしまって、一つのことに集中していられない。

……そういえば、私……お父さまとお母さまに売られたんだった。

それすら遠い。ずっと昔の出来事のように遠くなってしまった。

城にももう帰れない。みんなにも、もう会えないんだ……。

私はいつまでここにいられるの。飽きたら捨てられてしまうんだろうか。

今日、両親に捨てられたみたいに簡単に……？

考えるだけで恐ろしい。胸が痛くて潰れそうだ。もう捨てられたくない――。

リリーは涙を流しながら眠りに落ちていた。

その傍でレオンハルトが月夜を見上げてから、既に一時間は経過している。彼の手に懐中時計が渡ったのは、オイルランプの光がリリーの服に紛れたそれを照らし、何気なく手に取ったからだ。

彼はその間、時折彼女に目を向けては流れ続ける涙を指で拭い、さり気なく気にかけていた。そして、手にしたままの懐中時計をリリーの傍に置こうとして、白いシーツに染みができていることに気がつく。そこは自分たちが散々乱れていた場所だ。

レオンハルトは考え込むように眉を寄せ、その意味を理解した。

「……やはり初めてだったのか」

呟きながら、やけに初心《うぶ》な反応を思い出す。

痛みを募らせていたのは知っている。だが、それは最初だけで、繋げた身体は驚くほど素直に反応した。途中から惑わされているのは自分の方だとも思えてきて、かなり好き勝手に動いてしまったのだ。

「馬鹿だな……、もっと抵抗すればいいものを」

レオンハルトはリリーをじっと見下ろし、乱れた髪を搔き分けた。

そのまま彼女の柔らかな頬にそっと触れる。

「おまえ、俺を覚えていないんだろう？　だったら、どうしてこんなものを今でも大切に持っているんだ……？」

彼は掠れた声で囁き、懐中時計を握りしめる。揺らめく瞳は僅かな戸惑いを見せていた。

しかし、それきり彼は黙り込み、部屋の中は静寂に包まれる。そのまま空に浮かぶ月を眺め続け、レオンハルトが眠りに就いたのは夜明け間近になってからだった。

❀　❀　❀　❀

翌朝、目が覚めた途端、リリーは驚きのあまり固まってしまった。

至近距離にレオンハルトの顔があり、無言の彼といきなり目が合ってしまったのだ。

しかし、動揺しているうちに、はたと気がつく。自分から彼に抱きついていたのだ。しがみついていると言った方が正しいくらいに……。

「……ごっ、ごめんなさい…ッ！」

慌てて身体を離し、ベッドから飛び降りる。

けれど、何も身に纏っていない自分にびっくりして、今度は悲鳴を上げた。

「やぁー っ！」

真っ赤になってうずくまり、一人パニックを起こす。

レオンハルトは呆れた様子で身を起こし、首を回している。しがみつかれていたせいで身動きが取れなかったのだろう。

「とりあえず、昨日と同じものを着ていろ。すぐに新しいものを用意させる。サイズを測って仕立てさせるから、おまえの好みでいくつか作ってもらうといい。……あぁ、そういえばおまえは一人で着ることができないのか」

「……そ、それは…っ」

「今さらだ。手伝ってやるから真っすぐ立て」

顔色一つ変えずにレオンハルトは下着を手に取る。

流石《さすが》にそれは一人で着られると真っ赤になって奪い取り、ドロワーズとアンダードレスは素早く身につけた。そして、コルセットに手を伸ばそうとしてピタリと動きを止める。

手渡されるのを待っている彼から目を逸らし、リリーはぽつりと呟いた。

「あ、あの……、コルセットは……しなくていいから」

「何故だ？」

「これは…その、自分で練習したくて。それで、一人でできるようになるまでは……」

そう答えてコルセットを横に置きドレスを抱えると、見透かすような瞳のレオンハルトと目が合う。彼はくすりと笑みを漏らし、「へぇ」と小さく呟いていた。

苦しいからコルセットはあまり好きじゃない……、本当はいつもそう思っていた。苦しくないやり方があるなら、それを練習したい。けれどできれば着けたくない。

もしかして、そう考えているのがばれてしまったのだろうか。リリーは口ごもりながら俯く。怒られるかもしれないと思った。

「まぁ、練習してまで着ける必要もないんじゃないか？」

「え…っ、ほ、本当？　レオはそう思う？」

「ああ、不自然に腰だけを細くしなくてもいいと思うが」

考えを見透かされたのではなかったと、リリーはほっと胸を撫で下ろす。

だが、そんな考えを聞いたのは初めてだ。女性の身だしなみとして着けて当然という風潮があるので、ハインミュラーにいた時は嫌だなどと言える雰囲気はなかった。今だって怒られるかもしれないと思ったのに、レオンハルトは想像と違う反応をする。とはいえ、それがリリーの心を驚くほど軽くさせていた。

リリーは一人考えを巡らせる。そして、少し葛藤した末にしばらくは練習だけにしようという結論に至ったのだった。

そんなことを考えている間に、彼は手際よくリリーにドレスを着せていく。

綺麗な指先が一つひとつ丁寧にボタンを留め、流れるような繊細な動きに感心してしまう。そのまま何気なく顔を上げると、ヘーゼルの瞳が陽の光でキラキラと輝いているように見えて、思わず息を呑んだ。

「何だ？」

彼は眉を寄せ、怪訝《けげん》な顔をする。

慌てて首を振り、リリーは顔を紅潮させながら俯いた。

見蕩《みと》れてしまったなんて言えない。昨日、あんなことがあったばかりなのに何を考えているんだろう。能天気な自分が嫌になる。これからどうなるかも分からないのに。

一気に気持ちが沈んだ。この考えに捕まると身動きが取れない。皆、どうしているだろう。あんな光景が最後だなんて、あまりに寂しすぎる。

「……あっ!!」

リリーは不意にあることを思い出して声を上げた。

今この瞬間まで忘れていたことに愕然とし、真っ青になる。

「どうした」

「レオ……、私、……私……ッ」

唇を震わせ、目の前の腕にしがみつく。彼は黙ってリリーの声に耳を傾けていた。

「城で飼っていた猫たちを置いて来てしまったの……っ！」

「……は？」

突然のことにレオンハルトは眉を寄せ、顔を顰めている。

それに構わずリリーは言葉を続けた。

「三匹とも城の庭先にボロボロの状態で迷い込んだところを拾った子たちなの。うちの子になった証にペンダントをさげているけど、あの騒動で居場所がなくなってしまったんじゃ……、捨てられていたらどうしよう…っ」

リリーは激しく動揺してカタカタと震える。

昨日は頭がおかしくなりそうなほど色々ありすぎた。だとしても、そんなことは言い訳に過ぎない。自分に精一杯で彼らを忘れるなどあってはならないことだった。

「私、何てことを…、唯一の友達を置き去りにしてしまったなんて……っ」

何て薄情なことをしてしまったのだろう。リリーはその場に崩れ落ちそうになった。

そんな彼女をレオンハルトは咄嗟に支える。そして、次第に涙が溢れ出て来たのを見て、心無しか引きつった顔のまま僅かに息を漏らした。

「……分かった」

「え？」

突然呟かれた言葉に、リリーはきょとんとして顔を上げる。

「その前に下に行こう。一人、会わせたい男がいる。もう来ているかもしれない」

そう言ってリリーを促し、彼は先に部屋を出ていく。

戸惑っているとすぐに戻ってきて「とにかく来い」と腕を取られ、そのまま下のフロアに連れられる。そこには昨夜もいた使用人の他に、もう一人見知らぬ若い男がいた。

「やはり来ていたか。……彼はアルベルトだ。この屋敷のことで何か分からないことがあったら彼に聞くといい。俺よりもこの屋敷のことは詳しいくらいだ」

レオンハルトは彼を見るなりそう言い、リリーをその場に残して慌ただしく廊下の奥へと消えてしまう。あまりに適当な紹介に驚いていると、アルベルトはそれを気にすることなくにっこりと微笑んだ。

「はじめまして、リリー。あなたのことはレオから聞いています。私のことは〝アル〟でいいですよ。こちらへは毎日来ているわけではありませんが、困ったことがあれば何でも言ってくださいね」

穏やかな口調のアルベルトに、リリーはほっとして少しだけ笑みを浮かべた。

黒髪に優しそうな灰色の瞳。レオンハルトとは似ていないので親類ではなさそうだ。

歳は若そうだが、屋敷のことを勝手知ったる様子や綺麗な言葉遣い、そして身なりがきちっとしているのが、ハインミュラー家で家令をしていたルッツと重なった。ルッツは住み込みだったが、通いで従事することはそう珍しくない。

一人そんな分析をしていると、コートを着て支度を整えたレオンハルトが戻ってきた。

「リリー、おまえはしばらく外に出るな。出るなら庭先までだ。とりあえず今日はアルの言うことを聞いておけ。夕刻までには戻る」

「レオ、そんな乱暴な言い方では彼女に真意は伝わりませんよ。心配だから外に出ないようにと正直に言った方が心証が良いと思います」

今しがたの言葉遣いをアルベルトがすかさずたしなめる。

すると、レオンハルトは嫌そうな顔でアルベルトを睨み、見送りは要らないと言って、あっという間に屋敷から出ていってしまった。

ぽかんとするリリーに、アルベルトはにっこり笑って「座りましょう」とソファに促す。

全く動じていない様子に感心しながら、言われるまま腰を下ろした。

「まだ食事の準備中なので、お茶でも飲みながらゆっくり待ちましょう」

「……はい」

「体調は崩されていませんか？」

「はい…」

気遣うアルベルトにリリーは小さく頷く。

昨晩何があったか、彼には分かっているのかもしれないと思った。

「慣れるまで大変でしょうが、そう緊張することはありません。ここで働いている人の数は少ないですし、いい人ばかりですよ」

「はい…。でも、こんなに広いのに人が少ないなんて……」

「あぁ、レオが嫌がるんですよ。他人を自分のテリトリーに入れるのが好きではないというか……。だからここには最低限の人数しかおらず住み込みの人間もいません」

アルベルトの説明に少し驚いたリリーだが、何となく納得してしまった。

レオンハルトと会話していても本心がどこにあるのか分からない。特にハインミュラーが破産し、父母に売られたことを説明する彼の言葉は事務的で淡々として、人と会話していると思えないほど冷たかった。そのくせ身体を重ねた時の甘い囁きと激しい熱は別人のようだったけれど……。

それでも、少しだけ分かった気がする。レオンハルトは今、敢えてリリーをテリトリーに入れているのだ。

だからその中に入れておきたくないと思った瞬間が、捨てられる時なのかもしれない。

「それにしても、レオはやけに慌ただしく出かけましたね。何日かは休暇を取ってここで過ごすと言っていたのですが」

アルベルトはのんびりと紅茶を飲みながら首を傾げる。

それを聞き、リリーはハッと顔を上げた。今になってレオンハルトがどこへ行ったのかに気づいたのだ。

「もしかして、ハインミュラーの城に……」

「え!?」

リリーの言葉にアルベルトは目を丸くしている。

それはそうだ。昨日の今日でレオンハルトがあの城まで行く理由がどこにあるのか。

馬を走らせても用件を済ませて戻るなら、夕刻頃になってしまう距離だった。

「あそこには一緒に暮らしていた猫たちがいて……それで、あの子たちのことを話したら、レオは分かったって……」

リリーは俯きながら、先ほど交わされた会話をぽつりぽつりと話し出す。

確かに彼は頷いていた。何か手だてはないかと縋《すが》る気持ちがなかったと言えば嘘になる。

けれど、こんなに素早く、しかも直接彼が動いてくれるとは考えもしなかったのだ。

「リリー、あなた凄いですね」

黙って聞いていたアルベルトが不意に呟き、リリーは眉をひそめる。

彼は少し驚いた顔をしていた。

「だって彼は動物が……。あ、いいえ、お茶のおかわりを持ってきましょうか」

意味が分からず聞き返そうとしたが、それ以上は言葉を濁して彼は席を立ってしまう。

不思議に感じたものの、やがて食事が運ばれてそのことは忘れた。

食事はとても美味しかったが、昨日のことやこれからのことを考えてしまうとなかなか喉を通らない。結局半分以上を残してしまい、その後は部屋でひっそりと泣き続けた。

❀　❀　❀　❀

レオンハルトがハインミュラーの城に着いたのは、昼過ぎのことだった。

門前には警備の者が立ち、勝手な侵入は許されそうにない。

だが、彼はそのまま中へ入ることを許された。特別な理由があったわけではない。大抵の場合、金を掴ませれば物事は片がついてしまう。警備の者にもそれなりの額を渡し、通過しただけだった。

爽《さわ》やかな風を受けながらレオンハルトは目を細める。広い庭は丁寧に手入れがされ、通路も汚れていない。古い城だが外観は美しく、大切にされてきたことが容易に想像できる。そうは言っても、このまま手入れされずにいれば廃墟となるのは時間の問題だろう。

彼は正面の大扉を開けて城の中に足を踏み入れ、左右を見渡して大階段がある方へ進んだ。まずはリリーの部屋を探すつもりだった。

「――誰だ!?」

階上から大きな声に呼び止められ、レオンハルトはぴたりと足を止めた。

見上げると、金髪で良い身なりをした若い男が自分を見下ろしている。レオンハルトは男の声には答えず周囲に目を向けた。他に人の気配がないかを確認する為だった。

「泥棒という身なりでもないな。役人にも見えない。……まさか、もうこの城の買い手がついたのか？　随分若いな、どこの貴族の子息だ？」

階上で男はぶつぶつと呟き、レオンハルトを観察しながら問いかけた。

「ご容赦を。頼まれたものを見つけ次第、立ち去ります」

「……それはどういうことだ。誰に頼まれて来た？　…ッ、まさかあの二人の……、君は父と母、どちらに遣わされた!?」

男は目を見開き、大きな声を上げる。

今の言葉で彼が何者かを察したレオンハルトだったが、広いフロアを眺めて関係ない言葉をぽつりと呟いた。

「静かだな。これでは仔猫一匹居そうにない」

「は？　見れば分かるだろう。……ああ、そういえば先ほどウロウロしているのを見かけたか。寄ってこられるのが嫌で追っ払ったけどね。僕は動物が嫌いなんだ」

「そうか。なら、外を探してみよう。三匹とも首にペンダントをかけているんだったな」

レオンハルトは小さく頷き、身を翻す。

背後から男の強い視線を感じたが、気にせず歩いた。城内はレオンハルトの靴音だけが響き、扉を開けると、ギ、と戸が軋みを上げる。

「まさか……」

男の声と共に階段を駆け下りる音が聞こえた。だがレオンハルトは振り返ることもせず、そのまま扉を閉めて外に出る。

目の前の広大な庭に目を凝らしながら歩みを進めると、勢い良く背後の扉が開かれ、大声が響いた。

「頼んだのはリリーか？　リリーを知っているのか!?　そうなんだろう!?　あの子は今どこにいるんだ!!」

レオンハルトは答えず、代わりにピタリと足を止めた。

「仔猫がいると知っていたんだな！　だから探してるんだろう？　リリーはどこにいる？　父にも母にも会えず、仕方なく帰ってきたら既に破産した後だったんだ!!　誰の姿もない、温情でしばらく中にいることを許されただけだ。リリーは君が保護しているのか？　だったら会わせてくれ。あの子は僕がいないと……」

「会ってどうする？」

喉の奥で嗤《わら》いを噛み締め、レオンハルトは背を向けたまま問いかけた。後ろから「え？」と戸惑う男の声が聞こえ、益々《ますます》唇を歪ませる。

「今のおまえに何ができる？　何の力もなく、財産も失った。やれることがあるなら、金のある女を妻にして、この家を復興させることくらいだろう。選り好みしなければすぐに相手が見つかる可能性はある。昨今は貴族よりも金を持っている平民も増えた。おまえたち貴族のほとんどは、領地から得られる税収で生きるだけの生産性がない連中ばかりだ。それでも、貴族の称号欲しさに娘を差し出す奇特な家はあるだろう」

「……は、……？」

「〝あの子は僕がいないと〟何だ？　そんなことはおまえにはもう関係ない。おまえの両親はリリーを俺に売った。法外な値段でな。世の中金、娘より金、それが彼らの答えだ」

「な、にを、言って……」

想像を絶する話に男は愕然《がくぜん》としているようだ。

レオンハルトはうっすらと笑みを浮かべ、そこでようやく後ろを振り返った。

「おまえ、〝ジーク〟だろう？」

「なっ…、馴れ馴れしく呼ぶな!!　僕はジークフリートだ！　貴様こそどうして名乗らない!?」

馬鹿にされていると思ったのか、彼は声を荒げた。それでも笑みを浮かべ続けると、ジークフリートは苛立った様子で、ギリ、と奥歯を噛み締めている。

ところが、その直後だった。ジークフリートの表情が突然固まる。

そして、レオンハルトをじっと見て、瞬きを繰り返しながらぽつりと呟いた。

「どこか、で……」

そう言ったきり沈黙し、彼は止めていた足を二、三歩前に進める。

レオンハルトの柔らかい薄茶の髪が風に揺れる。鋭い眼差しから覗くヘーゼルの瞳が陽の光に反射して、青にも緑にも見えた。

ジークフリートはその顔を食い入るように見ていたが、不意に「…あ」と呟くと、一瞬

だけ全身を震わせる。

「……？」

突然変わった彼の表情にレオンハルトは眉をひそめた。しかし、ジークフリートはそれから一言も発することなく、身動き一つしなくなってしまった。

「……俺はレオンハルト・フェルザーだ。貴殿の活躍を心よりお祈り申し上げる」

それだけ言い残すとレオンハルトは身を翻し、その場を離れた。

名乗ることはリリーへの手がかりを残すことになりかねない。それが分かっていたからこそ、彼は途中まではある程度の距離を保ちながら話していた。

なのにその心境の変化は何によるものだったのか。

あまりに単純な理由だった。ジークフリートは自分とほとんど歳が変わらないように見えるのに、感情がすぐ顔に出る子供のようだった。そんな男がこのヒントだけでどこまで辿り着けるのか、ほんの遊び心で試してみたくなってしまったのだ。

❀　❀　❀　❀

レオンハルトが屋敷に戻ってきたのは、夕刻より少し前のことだった。

置き去りにした猫たちを連れて帰ってきてくれると思っていたリリーは一目散に出迎えに行ったが、彼は出た時と同じで何も持っていなかった。外にいるのかと耳を澄ませたが、鳴き声一つ聞こえない。話を聞きたくて後を追いかけるも、レオンハルトはアルベルトと共に別の部屋へと消えて、目を合わせようともしてくれなかった。

結局、リリーがまともに彼と話ができたのは、アルベルトも他の使用人も帰宅し、二人きりで夕食をとった後のことだ。

「朝も昼もあまり食べなかったそうだな。嫌いなものがあったのか？」

「……え？」

顔を上げて向かいに座るレオンハルトをきょとんと見つめる。

何でそんなことを知っているのだろう。

ふと、彼が先ほどアルベルトと部屋で話をしていたのを思い出した。あの時に今日の自分の様子を聞いたのだろうか。

「全部がとても美味しかったわ。だけど、食欲がなくて……」

「ならば、今は食欲が戻ったということか」

綺麗に完食した彼女の皿に目をやり、レオンハルトは小さく笑う。

「あ、……そうみたい」

指摘されて初めて気がつき、リリーは目を丸くした。

どうしてだろう。そういえばスープもパンも何もかもが朝や昼より美味しく感じられた。

「どこか具合が悪い、というわけではないんだな？」

問いかけられ、こくんと頷く。

自分でもよく分からない。食事中は会話もなく、猫たちが気になってもやもやしていた。

普通なら食欲が失せてしまいそうなのに、どうなっているのだろう。

「ところで、おまえの飼っていたという猫たちだが……」

不意に話し始めたその内容に、リリーはハッとして身を乗り出す。

レオンハルトはそこで一端言葉を切り、何かを躊躇う様子を見せていた。そして、再び口を開きかけたものの、リリーと目が合うと息を呑み、そのまま沈黙を続ける。

リリーはどうしてそこで黙り込んでしまうのか分からず、不安が増していく。

「もしかして……あの子たちに何かあったの……？」

「……」

問いかけに、彼は何も答えない。

「今日、連れて帰らなかったのは、もしかして……」

嫌な予感がして声が震える。涙が溢れ、今にも零れ落ちそうだった。

「ジークフリート……」

「えっ!?」

突然、兄の名を出されてリリーは目を見開く。

その顔を見て彼は眉を寄せ、僅かに拳を握りしめた。

「……、……彼が、……引き取るそうだ」

レオンハルトはリリーから目を逸らし、それだけ言うとまた黙り込む。

「ジークに会ったのね。あぁ、良かった……ッ！　ジークがそう言ってくれるなら安心だわ。……ところで、ジークは何て？　私のこと、何か言っていた？」

ホッと胸を撫で下ろすと同時に二人の会話が気になり、何気なく問いかけてみる。

するとレオンハルトは途端に目を伏せ、席を立った。

「彼とは挨拶を交わした程度でそれ以外は話していない。おまえのことも何も言っていなかった」

「そ、んな……」

「食べ終わったなら器を持ってついてこい。夜は手伝いの人間が居ないから、食べた器は自分で調理場へ持っていく」

彼は自分の使った器を器用に重ねると、それを持って調理場へ消える。

リリーは慌てて立ち上がり、同じようにして彼の後を追いかけた。

「そうやって皿を持つのは初めてか？」

慎重に皿を持ちながらリリーは頷く。気を抜くと重ねた皿がぐらついて、集中するあまり口が尖ってしまう。

「ここに置くだけでいい。そう、上手だ。簡単だろう？　皿は明日洗われる。それが彼らの仕事だ」

リリーは言われた場所に皿を置くと、褒められたのが嬉しくて頬を紅潮させた。簡単とはいえ、これだけのことさえやったことがなかったリリーには大仕事だったのだ。

「自分でできることを増やしていくのは、そんなに悪いことじゃない」

そう言うと、レオンハルトは調理場からさっさと出ていってしまう。その背中を追いかけるリリーの頬は紅潮し続け、ふと、胸の奥が妙にざわざわしていることに気がついた。

――レオは不思議だ。今まで誰もそんなことを言わなかった。

レオンハルトは酷いことを平気で言うし、ほとんど表情が変わらないから何を考えているのか分からない。けれど、冷たいわけではない気がする。今日、ハインミュラーに行ってくれたのが何よりの証拠だ。

恐らく先ほどの会話で食べ物の好き嫌いを聞いたのも、心配してのことなのだろう。

今も、こういう生活に必要なことを教えてくれるのはとても嬉しい。一人で何もできないと痛感したばかりだから余計にそう思ってしまう。

彼はどんな人なんだろう？

リリーは前を歩く広い背中を見上げ、会話の糸口を必死で探した。

「あ、あの、レオ。…っ、えと、レオに兄弟はいる？」

「兄弟？　いや、いないが」

足を止めることなく、彼はあっさりと答える。

リリーは味気ない返答に肩を落としたが、すぐに顔を上げた。

「だったらお父さまとお母さまは？　一緒には暮らさないの？」

「もういない。母は幼い頃に、父は十六の時に死んだ」

「……え」

驚いて言葉を失い、リリーはその場から動けなくなってしまう。

それに気づいたのか、レオンハルトは足を止めて振り返った。

「何故そんな顔をする？　まさか同情しているのか？　おまえが今ここにいるのは誰のせいだ？　おまえの立場の方がよほどのものだと思うが」

「だ、けど……、死んでしまったのと生きているのとでは全然違うもの」

「そんなもの、生きていたところで……」

レオンハルトは自嘲《じちょう》気味に嗤い、その先は口を閉ざした。

長い沈黙が続いたが、そのまま次の言葉をじっと待っていると、レオンハルトはリリーの視線に気づいて眉を寄せる。

そして、一拍置いて壁に寄りかかり、溜息まじりに言葉を続けた。

「父にとって、母との思い出は人生の全てだった。…妄想まじりの物語もよく聞かされた」

「妄想？」

レオンハルトは頷き、目を伏せる。

その横顔を遠くに感じ、リリーは無意識に懐中時計を握りしめていた。

「行商人だった男の物語だ。外国から仕入れた珍しい品を手に、とある貴族の城へ足を運ぶところから話が始まる。貴族は男の品を大層気に入り、頻繁に城へ呼ぶようになった。

そして、通い続ける間に男は貴族の三番目の娘と恋に落ちてしまう。しかし、身分違いの恋が赦されるわけもなく、二人の仲が引き裂かれるのは必然と思われた。ところが、ここで思わぬことが起こる。隠れて逢瀬を重ねているうちに、娘は身籠《みご》もっていたのだ。覚悟を決めた男は仲間の協力で城に潜入し、彼女を攫《さら》って逃げることに成功する」

　そこまで話すと、彼はリリーに目を向けた。大きく頷きながら耳を傾けている姿が落ちつかないのか、誤魔化すように咳払いをする。

　そして、その視線から逃れるように廊下の向こうに顔を向け、言葉を続けた。

「……その後、子も生まれ、逃亡生活が三年も過ぎようとしていた頃。男の両親や親族、娘を城から連れ出すのに協力した友人たちは捕らえられ、処刑されたことを男は人づてに知る。何故今になってと愕然とした矢先、今度は自分たちが貴族の手の者に見つかってしまう。ところが、そこで渡された手紙に彼女は顔色を変えた。父の危篤《きとく》を報せる内容だったからだ。月日が経ち、父はすっかり気弱になってしまった。今は過去のことを許したい。何よりも娘の顔を最期に一目見たいと願っていると……。それを読み、彼女は一人城に向かうことを決心する。いずれ家族三人で父に会いに行けるかもしれないという希望も胸に抱いていた。だが、何日経っても彼女は戻らない。貴族の危篤など真っ赤な嘘だったからだ。待っていたのは政略結婚という罠《わな》。城に閉じ込められ、二度と夫と息子に会えないと知り、彼女は絶望に打ち拉《ひし》がれ結婚前夜に自害してしまう。やがてその事実を知った男は自分も死のうとする。しかし、子の存在がそれを踏み留め、彼は貴族を憎みながら一生を終えなければならなかったという……」

レオンハルトは一気にそこまでを淡々と話し、「面白くない話だったな」と呟いて歩みを再開させる。

その背中を見ているうちに、リリーは感情が急激にこみ上げてくるのを感じた。目頭が熱くなりぐすっと鼻をすすると、レオンハルトが驚いた様子で振り返った。

「ど、どうして二人の恋が赦されないの…っ、どうしてそんな、そんな…っ」

嗚咽まじりでそんなことを言うリリーに、レオンハルトは呆気にとられている。

「こんな話におまえは本気で泣いているのか？」

「だって……っ」

ぼろぼろと涙を零す姿にレオンハルトは無言になる。そして、僅かに俯くとそのまま身を翻し、一人で二階に行ってしまった。

リリーの涙はなかなか止まらない。この話のどの辺りが妄想なのか、どうしてそう言えるのか、いくら考えても分からなかった。

『母は幼い頃』『父にとって、母との思い出は人生の全てだった』と、彼自身が言ったのだ。本気で妄想だと思っているなら、どうしてこんな話を聞かせたのか。意味のない話を彼がするとは思えないのに……。

その後、涙が収まってから部屋に戻ったものの、あまりに盛大に泣いてしまったので瞼が重く、おかげで泣きはらした顔を彼に笑われてしまった。

「そこまで泣いてくれる人がいるなら、父の妄想も捨てたものではないな」

しかし、そう呟いて窓の外を眺める横顔は儚《はかな》げで、リリーの胸にきゅっと痛みが走った。

——こんな顔……、確か昨日もしていた。夢じゃなかったんだ。

彼の横顔を見ていると、リリーは訳も分からず泣きたい気持ちになってしまう。

そして、昔どこかでこんな光景を見たことがあると、そんなことを頭の片隅で考えてしまうのだった。

❀　❀　❀　❀

「リリー、何着かドレスが仕上がったみたいですよ」

そう言ってアルベルトがドレスを手に屋敷にやってきたのは、リリーがここに来て一週間後のことだった。

この間、リリーはアルベルトの母親が若い頃に着ていた古着を貸してもらっていた。どれも品が良くて気に入っていたが、どうしても一人で脱ぎ着することができない。その為、毎回レオンハルトに手を貸してもらわねばならず、恥ずかしい思いをしていたリリーは新しいドレスの仕上がりを心待ちにしていたのだ。

「……わぁっ」

「直しが必要かもしれないので試着して欲しいそうです。レオだって見たいでしょう?」

ソファに座るレオンハルトに声をかけながら、アルベルトがにっこり微笑む。

リリーも振り返って反応を窺うと、レオンハルトは何も言わずに立ち上がり、階段へ向かう。興味がないのかとしょんぼりしていると、彼は振り返り、思わぬことを口にした。

「まずは俺だけに見せろ。出資者だからな。一人で着られたら褒美をやる」

「う、うん…っ」

目をキラキラさせてリリーは頷き、彼の後を追いかける。後ろからアルベルトが苦笑を漏らしているのが聞こえたが、その意味は分からなかった。


「レオ、できたわ。一人で着替えられたのっ!!」

依頼した通りの仕上がりと、生まれて初めて一人で着替えられたことの達成感で、リリーは興奮していた。

爽やかな青い生地に美しいレースがあしらわれ、流行のバッスルスタイルが女性らしい線を綺麗に見せている。縫製《ほうせい》も丁寧で他にも数点仕上げてきたことを思えば、これを一週間で終わらせるのは至難の業だったろう。勿論、急がせるには充分な報酬と人手が必要で、これらにどれほどの金がかかったかリリーは知る由《よし》もない。

「後ろだと手が届かなかったから、ボタンを前か横につけてもらうようにしたの！」

「ああ、考えたな」

興奮気味の説明に、レオンハルトの唇は柔らかく綻んでいる。そんな表情も嬉しくて、リリーは自分の顔が益々熱くなるのを感じた。

似合っているだろうか。感想を聞きたい。ソワソワしながら彼を見上げる。

「よく似合っている」

「本当!?」

「ああ、サイズが合わない場所はないか？」

「大丈夫、全部ぴったりなの！」

リリーは大きく頷き、満足げに笑った。

これで彼の手を煩わせずに済む。何よりも、また一つできることが増えたのが嬉しい。些細《ささい》なことかもしれないが、リリーにとっては大きな喜びだった。

それに、最初の夜こそ恐ろしい言葉を投げつけられたが、レオンハルトはあれ以来、傷つくような物言いをしない。日中は本や書類を広げて過ごす彼の傍に寄り添い、時折思い出したように顔を上げた彼と視線を重ね、とても穏やかな時間を過ごした。

閉じ込められたり、乱暴にされることもなかった。触れられてもレオンハルトの指先や唇は不思議と心地いい。彼を嫌だと思わないのは気のせいではなかった。

「……あっ」

不意にレオンハルトの指先がリリーの頬に伸びて、びくんと震える。

キスをされるかもしれないと思い、一瞬で身を硬くし、ぎゅっと目を瞑った。

　しかし、彼は指先で頬に触れただけで、それ以上のことは何もしない。代わりに小さく息を漏らし、指をすっと横に払った。

「髪が頬にかかっていた」

「…っ」

「そんな反応をするほど、俺の手は怖いか？」

「え？」

　思わぬ言葉に目を開けると、僅かに眉を寄せたレオンハルトと目が合う。ぽかんとして首を傾げ、意味を考えようとした。

「あ…っ」

　けれど、再び伸ばされた指先が首筋をなぞり、考えは散り散りになってしまう。間近に迫る整った顔を見て、心臓が大きく跳ね上がった。

「それでも受け入れろ。一刻も早く。この指も身体も、俺の全てをだ」

　強い口調で命令され、リリーの手が強引に掴まれる。そのまま彼の口元まで引っ張られ、リリーの指先はレオンハルトの唇に柔らかく挟まれた。

「……っ」

　くちゅ、と、淫らな音が聞こえて息を呑む。

　彼の舌がリリーの指の腹をなぞっている。そのうちに指の一本一本を丹念に舐められ、見え隠れする艶めかしい舌の動きから目を逸らせない。

ふと、ジークフリートが執拗に手足を舐めまわしていた姿が脳裏を過《よぎ》る。恐ろしくて気持ち悪い、とても苦痛な行為だった。考えてみると、これは〝おまじない〟に似ている。なのにどうしてだろう。同じようで全く違う。彼にされても少しも嫌だと思わない。

「は、…あぅ……っ」

「いいか、おまえは俺のものだ。キスをしろと言えばしなければいけない。身体を繋げろと言えばそうしなければいけない。拒絶はするな。絶対にだ」

「んっ」

その言葉に身体の奥が熱くなってビクンと震え、頭の芯がぼやけてくる。

しかし、薬指のつけ根を甘噛みされたのを最後に彼の唇は離れてしまった。

「……そうビクビクするな。乱暴にするつもりはない」

そう言うとレオンハルトは俯き、リリーから離れていく。目を閉じて髪をかきあげる姿に胸がきゅっと苦しくなる。もしかして、彼は何か思い違いをしているのだろうか。

リリーはその距離を縮めたくなり、彼を追いかけようとした。

けれど、彼の次の言葉に驚き、リリーは一瞬で身を強ばらせてしまう。

「ああ、そうだ。言い忘れていたが俺は明日から出かける。今日で休暇は終わりだからな」

「え…っ？」

「仕事に行くだけだ。夜には戻る」

「それは……、毎日の話？」

「そうだ。俺は貴族ではないからな、金は自分で稼ぐ」

「……」

リリーは無言で彼を見上げた。金を稼ぐということがよく分からなかったのだ。この国の貴族たちの収入は領地からの税収がほとんどで、自ら事業を興している者は稀《まれ》だ。それはハインミュラー家も例外ではなかった。

ただ、今の言葉でリリーにも一つだけ分かったことがある。レオンハルトと一緒にいる時間が、明日から減ってしまうということだ。

――レオが……明日からいない？

自分でも驚くほどショックだった。リリーは離れた距離を取り戻そうと駆け寄り、レオンハルトの袖口を摑んでぎゅっと握りしめる。

「俺が居ない間、なるべくアルに来るよう言っておく。おまえの生活はそう変わらない」

不安げな顔のリリーを見て、彼は何でもないことのように言う。

確かにアルベルトが来てくれるだろう。夕方までは屋敷に人もいる。それは彼女にも分かっている。けれど、そうではないのだ。そこにはレオンハルトがいない。彼はずっと傍にいるものと思い込んでいた。

「私も、一緒に……行っちゃだめ？」

許してくれたらいいのに。そう思って、か細い声で問いかける。

「おまえはここで待っていろ」

あっさりと断られ、涙が浮かぶ。どうしてこんなに寂しいのだろう。

すると、レオンハルトはリリーの髪を撫で、「まだ少し乱れているぞ」と言って、小さく笑った。ほとんど変わらない表情が少し柔らかくなっただけなのに胸が苦しい。

「リリー、褒美は何がいい」

「……え？」

ふと思い出した様子で問われ、リリーはきょとんとする。

「一人で着替えができた褒美だ。何でも言え。ただし、聞ける範囲でな」

その言葉に目を丸くする。ご褒美が待っているとは考えもしなかった。

そういえば、先ほど下の階でそんなことを言われた気がする。自分で着替えられたことが嬉しくて、すっかり忘れていたけれど。

私は何が欲しいのだろう。首を傾げながらレオンハルトを見上げる。

リリーは彼の顔をじっと見つめ、気がつくと薄く開いた唇に視線を集中させていた。

その直後、頭の中にパッと映像が浮かぶ。それが欲しいものだと直感した。しかし、もじもじするばかりでリリーはなかなかそれを言い出せない。言葉にするのが恥ずかしかった。

「何だ？　遠慮せずに言え」

口ごもっていると促され、リリーは遠慮がちに頷く。

そして、彼の唇を食い入るように見つめながら、意を決して口を開いた。

「……っ、……、…っ、……ス…」

「す？」

「……キ、……キス、が、……ほし、い……」

やっとのことで言い終えると、驚いた顔をしているレオンハルトと目が合う。

当然の反応だ。自分でもどうしてこんなことを望んでいるのか分からない。

「そんなものが欲しいのか？　ビクビクしていると思えば……、分からないものだな」

不思議そうに言いながら彼は屈み、ふわりとキスを落とす。

「……んっ」

柔らかい感触を唇に感じ、リリーはレオンハルトを見つめた。彼は瞳を閉じている。間近に見えたのは、薄茶色の睫毛《まつげ》が小さく揺れている様子だった。

リリーはぎゅっと目を閉じて、頭の中でぐるぐると言い訳を探す。彼の言動に一喜一憂して、挙げ句の果てにキスが欲しいなんてどうかしている。

そうだ、きっとレオが指を舐めたせいだ。だって、レオのキスはとても甘いから。私はそれを知っているから。だから……、欲しかったのは、多分そのせいだ。

やがて、そんな答えを見つけて自身に言い聞かせる。けれど、そう思う一方で、自ら彼にしがみついていることに関しては考えないようにした。

第二章

カーテンの向こうから朝の光が溢れている。

小鳥のさえずり、爽やかな空気、全てが一日の始まりを伝えていた。

「ん、……っ、ふ、あっ、や、……、レオ…っ!!」

それなのに、部屋の中は朝から濃密な熱に包まれている。

粘着質な厭らしい水音。肌がぶつかり、ベッドが軋む。それらの音が激しくなると、息づかいや喘ぎ声が一層淫らになっていく。

リリーがここに来て、そろそろ三ヶ月が経とうとしていた。

最初の一週間は何もせずに終わる日ばかりだったが、レオンハルトが仕事で外出するようになると、ほとんど毎夜のごとく身体を求められるようになった。

今では時間を問わずに抱かれることも増え、身体を重ねることは日々の生活の中で当たり前のように繰り返された。けれど受け入れることの苦痛は心身ともにほとんど感じていない。それは買われた身だから従わざるを得ない、ということとは違うように思えた。

彼を嫌だと思わないどころか、触れられるのはとても気持ちがいい。キスをされるだけで、うっとりして自分から抱きつくことも度々あった。自分の身体が元々淫らなのか、レオンハルトが上手なのか、それとも他に理由があるのかは分からない。少なくとも彼と触れ合うことにリリーが抵抗を感じていないことだけは確かだった。

「あっ、ああっ、…っは、あ、あ、やぁっ…」

声を上げながらレオンハルトを見つめると、ヘーゼルの瞳が情欲に濡れていた。

普段は鋭い眼差しが、抱き合う時には少し熱が加わる。彼に見つめられると目が逸らせなくなるのは最初から変わらないが、それは恐怖とは違うものだ。

「や、や、レオ、あ、んん、ん……ッ」

迫り上がる快感に身悶え、しがみつく。

起きてすぐに始まった愛撫で、リリーは散々じらされ続けていた。こうして身体を繋げても、先ほどから少し外れた場所ばかりを擦られて、限界が近いのに達することができないでいる。意地悪しないでと目で訴えると、彼は僅かに唇を綻ばせた。

「……リリー、気持ちよくなりたいなら、もっと上手にねだってごらん」

耳元に唇を寄せ、熱い息を漏らしながら甘やかに囁かれる。

快感に震え、リリーは大きく喉を反らせた。

「ふぁ、あ、レオ、なん、で……っ、わからな、よぅ…っ」

首を振って涙目で訴える。けれど、それでは赦してくれない。自分で考えろと彼の目が言っていた。

どうすればいいかなんてレオンハルトは教えてくれない。いつもされるがままで、彼に身を任せていればすぐに真っ白になって上り詰めてしまう。今朝に限ってどうしてそんな意地悪を言うのかと泣きそうになった。

「…、は、ん、んんぅ、して、おねがい、レオ、レオ、レオ…ッ」

快楽を擦り込まれたが故に我慢がきかない。はしたなく喘ぎ、自分から腰を押し付け、彼の唇に吸い付く。その熱い舌に自分の舌を絡ませ、欲しい欲しいと何度も引っ張った。どうすればいいか分からないまま夢中でそれを繰り返す。もどかしくて変になる。今だったら何を命令されても従ってしまいそうだ。

するとレオンハルトは、ぶる…と僅かに身体を震わせ、奥歯を噛み締めた。痛いくらいの力で抱きしめられて身体が軋む。

「あっ、はぁっ、ああっ、ああーっ」

突然中を掻き回され、リリーは大きな声を上げた。ぐっと腰を落とし、今度は一転して弱いところばかりを擦られる。

「リリー……、…、……ッ、……」

少し掠れた苦しげな声が聞こえる。

彼もまた限界が近いのだろうか。激しく身体を揺さぶられながら懸命に抱きついた。

お腹の奥が熱い。内股が小刻みに震えて足先に力が入る。突かれる度に目の前が白く霞んでいった。

「レオ、レオ…ッ！　……あ、あ、あ、……――ッ!!」

何もかも一瞬で弾け飛んでいく。

全身がびくびくと絶頂に震え、大きく背を反らして悲鳴に似た声を上げた。

内壁が収縮して断続的に彼を強く締め付けると、その刺激を受けてレオンハルトも限界を超えたようだ。低い呻きを上げると、身を震わせながらリリーの中へ精を放った。

「……っは、…あ、……はっ、はぁ……はぁ、はぁっ」

やがて彼は脱力し、そのままリリーの上へと倒れ込み、荒い息が耳にかかる。

色っぽい掠れ声にドキドキしながらリリーも肩で息をしていた。熱くて重い身体は少し苦しい。そう思う一方で、もう少しこのままでいて欲しいと考える自分がいた。

けれど、レオンハルトは息を整えると、いつもすぐに身を起こしてしまう。

それは今日も同じだった。離れていく身体に手を伸ばしたが、力の入らない腕が弱々しく空を彷徨うだけで、今日もまた彼を捕らえることはできなかった。

「まだ少し眠っていろ。食事は後でとると伝えておく」

彼はベッドから降りてシャツの袖に腕を通しながら、もう普通の会話をしている。均整のとれた肉体が、朝陽を浴びて眩しいほど綺麗だった。

「今日は帰るのが少し遅くなる。先に寝て構わない」

「……や、……起きて、る」

小さく首を振って答えると、レオンハルトは浅く息を漏らして沈黙する。そのまま彼は何も言わずスーツに着替えると、再びリリーの傍に戻ってきた。

「……行ってくる」

それだけ言って彼女の頬を撫でると、彼は部屋から出ていった。

遠く感じるその背中に、リリーは少しだけ泣きたくなる。

毎日のように身体を求められても、そこに心があるのかどうかが分からないのだ。行為中の熱い眼差しも、終わってしまえば立ち所に消えてしまう。言葉も素っ気なく、彼の方から二人の距離を縮めようとする意志はあまりないように思えて哀しかった。

その上、日中彼が屋敷にいることは滅多にない。

レオンハルトが終日屋敷で過ごしたのは、リリーがここに来た最初の一週間だけだ。今はほとんど毎日どこかへ出かけ、夜も遅いことが多い。そんな時はアルベルトが顔を見せてくれるが、彼も毎日訪れるわけではない。時間帯もまちまちで来たと思えばすぐ帰ってしまうこともあり、何となく忙しない印象を受けた。

どうしてこんな感情になるのかは分からない。だが、身体を繋げて快楽が増す一方で、事後はとても寂しく感じるようになってしまった。

そして、そんなことばかりを考えているうちに、自分の中で分かったことがある。

この行為を他の誰かとはしたくないということだ。

だからリリーは最初の日に言われたことに恐怖を感じていた。必要ないと判断されれば捨てられてしまう。そうなれば、望まなくても彼以外としなければならない。

考えただけで身体が冷たくなる。どうしたら捨てられずにすむだろう。最近では一人になると、こんなことばかりを考えていた。

「……、何でいつもこんなことばっかり……」

リリーは悪い方に考えてしまう自分が嫌で堪らなかった。

きっとこうして何もすることなく彼の帰りを待っているだけだから、嫌なことを考えてしまうのだ。もっと前向きなことを考えていないと滅入ってしまう。

そうは言っても、屋敷の敷地から外に出ることを彼は赦してくれない。気晴らしに庭を散歩しても、大きな木と塀に囲まれていて外の様子を窺い知ることさえできなかった。

これ以上、彼が心の中で大きくなるのが怖い。違うことを考えないと惨めな自分に気づいてしまう。自分に何が起こっているのか、ここでは誰も教えてくれないのに……。

「そういえば、昨日もレオは起きてたわ……」

リリーは僅かに身を起こし、ベッドの傍の窓を見上げた。

ほんの数秒前の考えはどこへ行ってしまったのか。リリーは再びレオンハルトのことを頭に思い浮かべていた。

――レオはいつもここからの景色を見て、何を考えているんだろう？

それは度々目にする光景だった。この大きなベッドで共に眠りに落ちた後、リリーは隣にあるはずの気配が消えているのを感じて目を覚ますことがある。そんな時、彼は必ずと言っていいほど窓際に身を寄せて夜空を眺めているのだ。

声をかけるのを躊躇うほど、その横顔は切ない。息をひそめて見つめていると、すぐに彼は気づいて何も言わずにまた横になる。その身体に手を伸ばすと驚くほど冷たくて、一体いつからそうしていたのだろうといつも驚いた。

たった一言、「眠れないの?」と聞けばいい。それなのに、リリーはその一言さえ口にできずにいる。もしも自分が傍にいるせいで眠れないと言われたらどうしよう。そんな考えが浮かぶと、怖くて何も聞けなくなった。

リリーは気分を変えようと枕元に置かれた懐中時計を手に取る。いつもどおりそれを首にかけ、ふと首を傾げた。

そういえば、最近いつゼンマイを巻いただろう。

毎日のように巻き上げなければ二日も持たずに針が止まってしまうのだが、ここ数日ゼンマイを巻いた記憶がない。文字盤側の蓋を開けてみると、やはり時計は止まっていた。

考えてみれば、懐中時計に対する妙な執着が最近はほとんどない。首にかけてはいても、事あるごとに握りしめて不安を紛らわせるようなことをしなくなっていた。

環境が変わったことで自分の中の何かが変わったのだろうか。

リリーはしばらく考え込んでいたが、結局答えが見つかることはなかった。

❀ ❀ ❀ ❀

昼下がりに庭を散歩しようと考えていた時のことだ。やってきたばかりのアルベルトが、何やら腑《ふ》に落ちないといった様子で扉の前で考え込んでいるのを見かけた。

通りかかったリリーに気づくと、彼は白い封書を手に近づいてくる。

「リリー、あなたに手紙ですよ」

「え？」

「不思議ですね。……ここに来てから、外に出たことはありましたっけ？」

問いかけられ、リリーは首を横に振った。

レオンハルトが赦していないのに外出するわけがない。決まりきった答えに「ですよねぇ」と頷き、アルベルトは再び考え込んでいる。

「では恋文とは違うんでしょうか。あなたを見かけて一目惚れしてしまった、なんて展開かと思ったのですが」

「こ、恋文…っ!?」

「ええ、だってこれ、配達ではないんですよ。門を抜けようとした時、青年に頼まれたんです。真剣な顔をして、これをあなたに渡して欲しいと。やっぱり恋文でしょうか？　何かの偶然で見かけたとか」

「ええっ!?　そ、そそ、そんなの貰ったこと……」

「ないのですか？　意外ですね」

リリーの反応を、アルベルトは愉しそうに見ている。

「まぁ、恋文だったらレオに怒られそうですけどね」

「レオが…？」

きょとんとして首を傾げる。どうして彼が怒るのか分からない。

そんなリリーに苦笑し、アルベルトは手に持った白い封書を彼女に手渡した。

「いいえ、なんでもありません。それではこれはあなたに……。気晴らしになるかもしれませんよ。最近少し塞ぎ込んでいたでしょう？」

「アル…、ありがとう」

手紙を受け取りながら、笑顔で礼を言う。

いつも穏やかに微笑んでくれる彼に、リリーはほっとしていた。彼は人をリラックスさせるのがとてもうまい。日々の他愛《たわい》ない会話は楽しく、この屋敷に慣れるのが早かったのは、アルベルトの存在も大きかったように思う。

「ただ…、あの青年の顔、どこかで……」

しかし、不意に呟いた声がいつもより低く聞こえ、リリーは顔を上げる。

いつの間にか、その表情からは笑みが消えていた。

「あ、いいえ。……その手紙、もし返信するようなら請け負いますからね」

目が合うと、アルベルトはいつもの笑顔にパッと戻り、そう言った。

今のは気のせいだろうか。そう思いながらも素直に頷き、リリーは部屋に戻った。

この手紙は一体誰から渡されたのだろう。ソファに座りながら早速封を開ける。これが恋文かどうかはともかく、中身はとても気になった。

しかし、リリーは中を見た瞬間目を疑い、かじりつくようにその文字を見つめる。差出人の名前はどこにも書かれていなかった。

『――親愛なるリリー。この手紙が君に届くのか、分からないまま書き綴《つづ》っている。まず、君を見つけ出すのに、三ヶ月もかかってしまったことを謝らなければならない』

手紙はそんな一文から始まり、綴られた文字は見覚えのあるものだった。

そこには、リリーを助ける為に尽力している、どうかあと少し待って欲しい、という内容が切々と綴られていた。

たった一人の顔だけが思い浮かぶ。離ればなれになっていた兄、ジークフリート。彼以外にあり得るだろうか。

ジークは自分を忘れたわけではなかったと、リリーは歓喜して手紙を抱きしめる。

だがそれは、自分の近況や妹を心配する為だけに書かれたわけではないと、リリーはすぐに思い知る。文章は唐突に本題らしきものへと移り、僅かな焦りを滲《にじ》ませていたからだ。

『決して取り乱したりしないよう落ち着いてから読んで欲しい。〝レオンハルト・フェルザー〟についてだ。結論から言う。あの男は――』

突然、何だろう。リリーは眉をひそめた。

一体兄がレオンハルトの何を知っているというのか。

「……え？」

その答えは直後に書かれた文章に記されていた。

リリーの表情は固まり、次第に小さく震え始める。そして、読み終えた途端、彼女は衣裳部屋へ駆け込み、慌てた様子で棚の奥に手紙を隠した。

「そ、そんなの、嘘だわ……。何かの間違いよ……」

真っ青な顔で、リリーは何度も同じことを呟く。

手紙は一度しか読まなかった。それなのに、ジークフリートの文字が頭の中で繰り返し踊る。次第にそれが兄の声となって何度もリリーに囁きかけた。

七年前にリリーを攫った誘拐犯。

それがレオンハルト・フェルザーなのだと――。

❀　❀　❀　❀

「起きていたのか。先に寝て構わないと言ったはずだが」

夜、屋敷に戻ったレオンハルトを出迎えると、開口一番にそう言われた。

リリーはまだ少し青ざめた顔で首を振る。

「あの、レオ…ッ、夕ご飯は食べた？」

早々に二階へ上がろうとする背中に声をかけ、振り返る彼をじっと見つめた。

いくら考えても一人では考えが纏まらない。そもそも彼が本当に誘拐犯なのかの確証もない。だからビクビクしているより、何でもいいから彼と話をしたかったのだ。

「ああ、済ませたが……」

そこまで答えると、彼は無言になってリリーの様子を見ている。まだ何も変なことは言っていないはずなのに、もう何か気づいてしまったのだろうかと緊張が走った。

「おまえは食べたか？」

「……えっ？　あ、えと、今日は……食欲があまりないから……」

そんな問いかけがやってくるとは思わず、リリーは俯いて答える。食事は一口も喉を通らず、すぐに片付けてしまったのだ。

すると、レオンハルトはリリーの手を引っ張り食堂へ連れて行く。何事だろうと思っていると、適当な場所にリリーを座らせて自分は調理場へ姿を消した。

やがて二つの器を手に戻った彼は、それをテーブルに置くとリリーの隣に腰掛ける。

「スープなら飲めるか？」

いつもより優しい口調にドキッとした。

「……レオも一緒に？」

「おまえは一人では食があまり進まないようだからな。俺が一緒なら少しは違うかもしれないと思っただけだ。体調が優れないなら、無理に口に入れなくていい」

「身体は何ともないわ……。でも、どうしてそんなことが分かるの？」

「ここへ来たばかりの時、おまえはほとんど食べなかった。それから何となく、食事の様子を報告させるようにしただけだ」

想像もしない答えにリリーは目を丸くした。

レオンハルトと夕食を共にすることは最近ではほとんどない。いつも素っ気ない彼が、そんなことを気にしていたなんて考えもしなかった。しかも、自分は既に食事を済ませているのに、付き合いで一緒にスープを飲もうだなんて……。

そんな驚きをよそに、彼は表情一つ変えず自分のスープを口に運ぶ。リリーもそれに倣《なら》って一口、また一口と口に運んだ。

食欲はなかったはずなのに、何故だかとても美味しい。ふと、ここに来てレオンハルトと初めて食事をした夜のことを思い出した。あの時も不思議と美味しく感じたのだ。

「そういえば、ジークフリートが……」

「えっ!?」

突然出された名前にリリーは大きな声を上げた。

まさかもう兄の手紙がばれてしまったのだろうか、そんな考えが頭を過る。

「何だ、相変わらず彼のことになると反応が大きいな」

「そ、そういうわけじゃ……」

しどろもどろに答えると、レオンハルトは小さく笑う。そして、特に気にした様子もなく、話を続けた。

「彼が婚約したという話を聞いた」

「ええっ⁉」

驚いて飛び上がり、リリーは椅子から落ちそうになった。咄嗟にレオンハルトに支えられたのですぐに座り直せたが、手紙がばれたのではと危惧する以上の衝撃に動揺を隠せない。手紙にはそんなことは一つも書かれていなかったのだ。

「あ、相手は……」

「最近力をつけてきた貿易商の娘だ。一般階級の家だが、今の彼には身分より重要なものがあるんだろう」

リリーは呆然としながら、空になったスープの器に視線を落とした。

――ジークが婚約？　前はそういう人は居なかった……。

ならば、この三ヶ月で出会いがあったのだろうか。そして、その人のことを好きになったのだろうか。何もかもを飛び越えて好きになれる相手に……。

リリーはそこでレオンハルトの顔をじっと見つめた。無意識のうちに彼を自分の相手に当てはめようとしていたのだ。「何だ？」と問いかけるような眼差しにハッと我に返る。

そうだ。動揺するばかりじゃいけない。私だってレオをずっと見てきた。彼を無闇に疑ったりなんかしない。きちんと確かめなくちゃ駄目だ。けれど、一体どうやって……。

リリーは考えを巡らせ、ふと思いつく。

「あ、あのね、レオ、……この時計、どう思う？」

首からさげた懐中時計を手に持って問いかけてみる。

我ながら脈絡のない会話だと思ったが、七年前のことを探るには打ってつけの質問ではあった。ほとんど覚えていないとはいえ、この時計が犯人の手がかりの一つというのは間違いない。反応次第で見えてくるものがあるように思えた。

「……ここに来た時から身につけていたな」

そう言ってレオンハルトは懐中時計を手に取り、文字盤側の蓋を開ける。裏側に彫られた獅子の模様に触れ、時計に耳を近づけると目を閉じた。

無防備な表情を目の前で見せられて、リリーはドキドキしてしまう。

「レオは秒針の音、好き？」

「ああ」

「私も、好き」

「そうか」

小さく笑い、彼は耳を離して蓋を閉じる。じっと時計を見つめ、リリーの手にそれを返した。

「とてもいい仕事をしている。腕のいい職人の手で作られたんだろう」

「でもね、誰が作ったかは分からないの」

「わざわざ探してどうするんだ？」

「えーと、……あ、これを作った人の他の時計を見てみたくて」

うっかり誘拐犯を捜す手がかりだからと口が滑りそうになり、慌てて適当な理由を答えた。特に変には思われなかったようで、レオンハルトは何やら考えを巡らせている。

「古い品なら、作った本人は亡くなっているのかもしれないな」

言われて納得してしまった。そういえば、少し古い品だと誰かが言っていた。

「レオは時計に詳しいの？　私、古いか新しいかもよく分からなかった」

「仕事柄、様々なものを目にする機会がある。普通よりは肥《こ》えた目をしているかもな」

「レオはいつも何をしているの？」

いつも帰りが遅く、ほとんど家にいない。彼が何をしているのか、リリーは何一つ知らないままだ。思いがけず彼の話を聞けるのが嬉しくて身を乗り出して尋ねる。

「よその国から物を買い付けたり、自分のところの品を売ったり色々だ」

「何を売り買いするの？」

「こういう時計も有れば、織物、香辛料、酒、油、その他諸々。最近では少し規模が大きくなりすぎて人に任せることも増えたが、交渉ごとが多くて任せられないこともまだまだある」

「へぇーっ」

リリーは目を輝かせながら何度も頷く。

レオンハルトの話は未知の世界で起きている出来事のようだった。リリーはとても狭い世界しか知らない。城の外には滅多に出たことがなく、たまに外出する時もジークフリートと一緒でなければ許してもらえなかった。だから今、彼が身を置いている場所が自分と同じ世界のこととは思えず、聞いているだけなのにワクワクする。

「……いいなぁ。いつか、レオのお仕事を見てみたい」

思わず口をついて出てしまった言葉に、遊びじゃないと怒られるかと思ったが、レオンハルトは「そうだな」と言って笑みを浮かべた。

それがあまりに優しい顔だったので、真っ赤になって俯いてしまう。こんな顔は初めて見た。嬉しくて堪らない。もっと笑ってくれたら良いのに……。

リリーはドキドキしながら、ふと、あの手紙に衝撃を受けた割にはジークフリートの主張に懐疑的な自分がいることに気がついた。今までの自分なら、兄の言葉を信じていただろう。けれど今は、どうしても全てを鵜《う》呑みにはできない。

一緒にいれば分かる。レオンハルトはどんなに素っ気なくても冷たいわけじゃない。必要があると判断すれば手を差し伸べてくれる。今の食事だってそうだ。一人だとあまり食べないなんて自分でも知らないことだったのに、彼は気にかけてくれていた。

——何かの間違いに違いない。だってレオがジークの言うような悪人とは思えないもの。七年も前のことだから記憶違いかもしれないわ。明日、手紙を書いてみよう。

リリーは頭の中で考えを整理すると、席を立つレオンハルトを追いかけた。

彼の背中はまだ少し遠い。だけど、少しずつ近づいている気がする。その世界を、もっと知っていきたい。

そんなふうに思う自分の気持ちはよく分からなかったが、今はただ追いかけることに夢中で、理由を探し当てることはできなかった。

❀　❀　❀　❀

『――親愛なるリリー。手紙が届くまで何度でも書き直すつもりでいたから、こんなに早く返事がもらえて嬉しいよ。文面を見る限り、まだ絶望的な状況ではなさそうで少し安心した。ただ、知らないうちに君が僕の言葉に疑う心を持ち始めたことを、とても憤っている。あの事件の唯一の目撃者が誰かを君は忘れてしまったみたいだ。彼の顔、姿、そしてあの目つき、全てが僕の記憶の中の犯人と重なる。これを見間違いや他人のそら似で片付けていいと君は本気で思っているの？　再会したら、また〝お仕置き〟が必要みたいだ。だけど大丈夫、君を必ず良い子に戻してあげるから』

『――親愛なるリリー。彼の歳は僕よりも一つ上の二十三だそうだ。七年前は十六歳。あの頃はもっと年上かと思ったけど、彼は今も年齢より少し上に見える。元々大人びた容姿なんだろう。それにしても不思議なのは、彼がどうやってお父様とお母様に取り入って君を手に入れたかという点だ。詳しく調べれば、その真相を摑めるだろうか』

『――親愛なるリリー。毎日七年前のことを考えている。けれど思い出すのはいつも同じだ。早朝に門の傍で君を見つけ、遠ざかる犯人の後ろ姿に僕は声をかけた。今でもはっきり覚えている。振り返った瞬間、何故か彼は笑っていたんだ。きっと何かを企んでいる。日々、レオンハルト・フェルザーの顔が頭にちらついて離れない』

リリーは増え続ける手紙の束を前に小さく息を漏らした。

これらはジークフリートから渡された手紙の一部に過ぎない。一通の内容はそれほど長くないが、アルベルトがやってくる日は必ずと言っていいほど手紙も渡される。他にもこの屋敷に出入りする人間はいるのだから、アルベルトだけに的《まと》を絞って手紙を渡しているのは明らかだった。

アルベルトには「友達ができた」と説明しただけで、その後詮索するようなことは聞かれていない。いつも笑って手紙の配達を請け負ってくれているが、こう毎回だと気が引ける。たった一月で白い封書は増え続け、このままではいずれ隠す場所がなくなってしまう。

しかし、問題は内容だ。ジークフリートが犯人を目撃したということを疑ってはいないが、これは七年も前の話だ。それもたった一度見ただけの相手で、話を聞く限り、振り返った姿を遠目に見たに過ぎない。レオンハルトだと断言されることに、どうしても首を傾げてしまうのだ。

「どうしよう。手紙、私の書き方が悪かったのかな……」

リリーは途方に暮れていた。

返信はリリーもしている。ただ、少しでも彼の考えと違うことを書くと怒らせてしまうのだ。〝お仕置き〟や〝おまじない〟といった単語も使われ、その度に青ざめた。

だから、なるべくジークフリートに寄り添うことを書いているのに、それでも最近は感情的な文面が多くなり、躊躇って返信できない時が多々ある。

『――親愛なるリリー。当時のことを思い出して、ふと、気がついたんだ。あの時、唯一の目撃者として、僕は大人たちに何度も説明を求められた。似顔絵も作成されて、捜査は広範囲に及んだ。それなのに、よくよく考えれば打ち切られるまでの時間がやけに短かったように思う。もしかしたら、捜査に気づいたレオンハルトが裏から手を回したのかもしれない。彼にはそれができる支援者がいるはずだ』

束の中から適当に取り出した手紙を読み終わると、リリーは哀しげに俯く。

七年前のこととなると、前々からジークフリートは攻撃的な一面を覗かせることがあった。それでも、ここまで偏った見方はしていなかったのだ。

流石にこんな内容を信じることはできない。たった十六歳の少年がどうやって捜査を止められるというのか。彼は権力で政治を変えてしまえる貴族とは違うのだ。

「そういえば……レオのお父さんって、十六歳の時に亡くなったって言ってたっけ」

母親に至っては幼い時に亡くしているのだから、彼は随分早くに両親を失ったこととなる。しかも、『行商人の男』の話が真実なら、彼には親類さえいないのだ。考えれば考えるほど、当時のレオンハルトにそんなことができるとは思えなかった。

また、他にも気になることがある。婚約のこと、城で飼っていた猫たちを引き取ってくれたことを手紙に書いても、ジークフリートからは一切反応がないのだ。間違いがあるなら否定するだろう。どういうことなのかリリーにはさっぱり分からなかった。

「……どっちにしても、書き方が悪かったんだよね」

助けてもらえる日を待ってる、ジークに一日も早く会いたい。これまでずっと彼が望んでいる言葉を選んで返信してきた。反論したのははじめの何通かだけだ。ジークの記憶違いじゃないか、レオは犯人ではない気がすると問いかけてみたのだ。結局それは彼の怒りに火をつけただけだったので、怖くなってそういうことを書くのは止めてしまった。

「分からなくなってきちゃった……」

リリーはぽつりと呟き、トボトボと衣裳部屋を後にする。

階段を下りながら憂鬱《ゆううつ》な気分を払拭《ふっしょく》しようと、今度はレオンハルトに想いを馳せた。

最近、嬉しいと思うことが増えた。夜中に窓の外を見つめる彼の姿が以前よりも減ったことだ。朝までリリーを抱きしめて眠り、そのことを自覚していないのか、目が覚めた時、彼は毎回少し驚いた顔を見せる。笑いかけると居心地悪そうに目を逸らし、そのくせ抱きしめる腕はそのままで、それがとても嬉しい。

少しずつ距離が縮まっている。そう思うと堪らなくくすぐったくて、自然と笑みが零れてしまう。

「何ですか？　随分楽しそうですね」

一階に下りると、やってきたばかりのアルベルトが顔を覗かせる。

見られてしまったと顔を赤らめ、「なんでもないの」と首を振った。

「そうそう、お友達からまた手紙を渡されましたよ」

そう言ってアルベルトに白い封書を手渡される。

リリーの顔は一瞬で曇《くも》り、彼もそれに気づいたようだった。

「返信があればいつものように請け負いますよ。それともお友達とケンカをしましたか？」

問いかけに俯き、首を振って背を向ける。

「手紙…、あるの。取ってくるね」

いつもとほとんど同じ内容で、渡そうか迷っていた手紙だ。それでもいいかと、少し投げやりな気持ちになっていた。

そんな彼女の背中を、アルベルトは見透かすような目で見ていた。

「配達係も飽きてきましたし、そろそろ潮時《しおどき》ですかね……」

珍しく鋭い表情を浮かべ、そんな呟きを漏らす。

友達ができたというリリーの嘘など、アルベルトは最初から見抜いていた。

最初に彼が手紙を請け負ったのは偶然だ。だが、それ以来あの青年は自分に的を絞って声をかけてくるようになっていた。最近ではその執拗さに少々うんざりしていた部分もあり、よく人当たりがいいと言われるものの、こうなってみるとそれが良いのか悪いのか、我ながら微妙な気分だった。

「……とはいえ、リリーはもう私と口もきいてくれなくなるかもしれません」

アルベルトはぽつりと呟き、戻ってきた彼女に渡された封書をじっと見つめる。

これまでのことは親切心だけで動いていたわけではない。彼なりの理由と目的があってのことだった。これから自分がすることで、多少の波風も立つだろう。

だとしても、考えを変える気はなかった。レオンハルトに隠し続けるには、少し事が大きすぎるのだ。

❀　❀　❀　❀

その夜もレオンハルトの帰宅は遅く、寝室で待っていたリリーは睡魔《すいま》に襲われ、うつらうつらとしかけていた。

不意に、静かな屋敷に扉が閉まる音が響く。ハッとして顔を上げたリリーは、聞き慣れた靴音が階段に向かっていることに気づき、慌てて部屋を飛び出した。

しかし、長い廊下の先に、まだ彼の姿はない。そのまま目を凝らして待っていると、スーツ姿にオーバーコートを羽織ったレオンハルトの影が徐々に見えてきた。

「おかえりなさい」

駆け寄って声をかけると、「ああ」と小さく返される。

相変わらず素っ気ない。けれど、そういう人だと分かれば気にならなくなるものだ。リリーはニコニコして彼を出迎える。一緒にいられる時間が一日の中で何よりも楽しかった。

また、最近では先に寝ていろとは言われなくなった。待っていてもいいと言われているようで、それがとても嬉しい。もしかしたら、言うのが面倒になって諦めただけかもしれないけれど、しつこく起き続けてきた甲斐《かい》があったというものだ。

部屋に戻ると彼はコートを脱ぎ、執務机の上に何気なく封書を置いた。

そして、首に巻かれたクラバットのピンを外し、緩めながら脱いだジャケットを椅子にかける。一連の動作は流れるようで、リリーはその様子を見ているのが好きだった。

だが、今日は執務机をじっと見たまま固まっていた。何気なく彼が置いた封書が、そこにあってはいけないものだったからだ。

「レオ…、その手紙……、どうしたの？」

微かに唇を震わせ、リリーは机を指差す。

何のことか分からなかったのか、レオンハルトは一瞬首を傾げたが、彼女が指差すものを見て頷いた。

「ああ、これか。屋敷の前で渡された」

話題にしたことで、服を脱ぐことより封書に意識が向いたらしい。話している間にも彼は懐から鍵の束を取り出して、引き出しからペーパーナイフを取ろうとしている。

その僅かな隙にリリーは封書を奪い取り、さっと後ろ手に隠してしまった。

「……何をしている？」

意味不明な行動にレオンハルトは眉をひそめる。

リリーは何度も首を振り、動揺しながら少しずつ後ずさった。

「これは…、何かの間違いなの」

「間違い？」

「だってこれは、今日渡したはずの手紙……」

そこまで言って慌てて口を押さえる。

けれど、こんなことをしても何の意味もない。これが彼の手に渡った時点で追及されるのは時間の問題だった。

「それは誰に宛てた手紙だ？」

「……っ」

「今、おまえが言ったことだ。誰宛てかと聞いている」

抑揚のない声が怖い。どうしよう、それればかりが頭の中をぐるぐる回った。

「これはレオ宛てじゃないから…、ま、間違い……」

「そんなことは聞いていない」

ピシャリと言われ、ビクッと肩を震わせる。

コツ、足音が近づいた。長身の影が落ち、恐る恐る見上げるとレオンハルトと目が合う。まるで金縛りにあったようだ。無表情の顔から覗く瞳が冷酷に光り、沈黙さえも命令に聞こえた。

「……ジ、ジーク…に、……」

レオンハルトの瞳がすっと細められる。彼の周囲だけ空気が冷えたように感じて鳥肌が立った。

「ならばジークフリートからの手紙もあるだろう。どこへやった？」

「……、衣裳部屋…に……」

「案内しろ」

「……ッ」

「あぁ、その前に後ろ手に隠した手紙はここに置け」

彼はそう言って、手のひらを差し出す。

リリーは一瞬だけ躊躇した。だが、無言の圧力に逆らうことはできず、おずおずと封書を彼の手のひらに載せる。

しかし、尚も無言の圧力は続く。衣裳部屋に連れて行けとその瞳が命令していた。怒鳴られているわけでもないのに恐怖で身体の芯が冷えていく。こんなに彼が怖いと思ったのは、ここに初めて来た時以来のことだった。

衣裳部屋に入ると所狭しと並べられた女物の洋服が目に入る。全てリリーがここに来てから用意されたものだ。

この部屋に鍵は付いていないが、基本的に出入りは彼女だけだ。リリーがどんな服を選ぼうと誰も口出しすることのない自由な空間であり、全てがレオンハルトの計らいだった。それをいいことに彼女はこの部屋を隠し事に使ってしまっていたのだ。

「これで全部か？」

棚の奥に隠した手紙を全て渡し、リリーは小さく頷く。

「随分あるな…」と漏らした声を遠くに感じた。

それからどうやって寝室まで戻ったのかはよく覚えていない。気がついたらレオンハルトは執務机に寄りかかりながらジークフリートからの手紙に目を通していて、リリーはそんな彼の姿を部屋の隅で立ち尽くして見ていた。

手紙にはレオンハルトに対する憎悪が詰まっているだけではない。彼が七年前の誘拐犯だというジークフリートの主張が何通にもわたって記されている。かなり強引な内容が含まれているので、相当気を悪くしているかもしれない。

けれど、本当に怖いのは兄の手紙を見られることではなかった。リリーがどうしても見られたくないのは、何故かレオンハルトの手に渡ってしまった自分の書いた封書の方だ。

「レオ、それだけは見ないで……」

消え入りそうな声でリリーは懇願する。

「何故だ？」

「お願い……、お願い……っ」

カサ…、紙の乾いた音が無情に響き、リリーはぶるぶると震える。

懇願も虚しく彼が手に取ったのは、彼女がジークフリートに宛てた手紙だ。

そこには憎悪と復讐に燃える兄の手紙に同調する言葉が並んでいた。ジークはいつでも正しい。早く会いたい。一日も早くここから助け出される日を待ち望んでいる。

小さな頃からそうしてきたように、兄の機嫌を損ねないよう立ち回る自分がそこにいた。

レオンハルトは何も言わない。それなのにリリーは怯えながら首を振る。違う、そうじゃないと言って何度も首を横に振り続けた。

「――おまえたちの間で、俺はずっと誘拐犯だったというわけか」

しばらくして聞こえた呟きが胸に刺さる。そう取られるようなことしか書いていないのだから当然の反応だった。

「ならば、何故おまえは俺に抱かれ続けた？」

「……っ」

「俺を誘拐犯と思って過ごしてきたんだろう？　恐ろしいはずだ。自力で逃げようとしても何ら不思議ではない。だが、おまえは屋敷の敷地から一切出るなという言いつけを従順に守り、嫌がる素振りも見せずに身体を開いてきた。……どういう心理ならそれができる？　ここから逃げたいと望みながら、俺を欺く為に受け入れ続けたのか？　それとも、一文無しで路頭に迷うよりもここにいた方がマシだと思ったからか？　大したものだな。おまえがそれほど強《したた》かな女だったとは気づけなかった」

「……ちが…」

「何も違わないだろう。おまえの手紙に書いてあるのはそういうことだ」

吐き捨てるように言うと、レオンハルトは無造作に手紙を机に投げ捨てる。そして、部屋の隅に立ち尽くしたまま動けないリリーに近づき、震える手を強引に摑んだ。

痛いほどの力にリリーは顔を顰める。けれど、緩めるどころかそのまま引っ張られ、挙げ句の果てにはベッドに放り投げられた。

「きゃあッ!?」

まるで物のように投げられ、うつ伏せに倒れ込む。何が起こっているのか理解できず、頭の中に疑問符だけが浮かんだ。

ギ…、ベッドが軋む音と共に身体が大きく沈む。伸し掛かられた為だった。

「……レオ？」

「考えてみれば、どんなに身を落とそうとおまえも貴族だった。連中の考えなど、時に俺の理解を超える。爵位がないだけで人扱いしない者までいるくらいだ。おまえも同じなんだろう？　人ではない俺に抱かれ続けるには、感情を殺して快楽だけを追い求めるしかなかった。そうでなければ、あれほど淫らに抱かれるわけがない」

「え……？」

何を言われているのか分からない。

人ではない？　彼をそんなふうに思うわけがない。

ただただ困惑していると首筋に息がかかり、その先の行為を想像して顔が赤くなる。

けれど、いつもと何かが違う。ネグリジェは脱がされることなく裾だけが大きく捲《まく》られ、中に穿いたドロワーズに手をかけられると、激しく引き裂かれる音がした。

「——ッ!?」

突然のことに、肌が剝き出しになったことさえ理解できなかった。

しかし、完全に心を置き去りにされたまま、事態は悪い方に転がっていく。身体の中心にいきなり指が差し込まれ、リリーは小さな悲鳴を上げた。

「ああっ!!　なに…、や、痛い…ッ」

突然の痛みを感じて身を捩るも、追い討ちをかけるように指を増やされる。何の優しさも感じられない指先に恐怖が募り、目の前が涙で滲んだ。

「やめ、て、……レオ、いや、いやっ!!　どうして……!?」

「どうしてだと？　笑わせるな。今まで散々優しく抱いてやったろう。動物でも優しくしてやればそれなりに懐く。だが、おまえにはそれさえできない。せめて俺の性欲を満たすくらいのことはしてみせろ」

「……そん、な…」

「貴族の娘など、皆おまえのように欺くのが得意なんだろう？　従順に振る舞う一方で、心の中は真逆のことを考える。俺の母もそんな女だった」

「――え？」

リリーは眉をひそめる。以前聞いた行商人の男の話に、そんな女性は出てこなかった。意味が分からず固まっていると、嘲《あざけ》るような嗤いが耳元で聞こえた。

「言っただろう。あれは父の妄想だと。そうであって欲しいと望む気持ちが父に嘘をつかせただけだ」

「……っ！」

「真実は違う。母は自害などしていない。俺たちとの生活を捨てて城に戻り、その後は親の決めた男と結婚して、子宝にも恵まれ、過去のことなど忘れて生きていた。俺はそんなことも知らずに父の妄想をずっと信じていた。知ったのは父が亡くなった後だ。世の中、知らない方が幸せなこともある。母のことなど調べなければ良かった。あんな光景を、どうして見に行ってしまったのか……っ」

いつもは淡々としたレオンハルトの声に悲痛な感情が入り交じっている。

妄想……、あれは本当に妄想だったのか。彼は母を見に行ったのか……。

リリーの目から涙が溢れる。悲劇の恋の物語。けれど現実はもっと残酷だった。

「生前、父は心底貴族を嫌っていた。彼らは俺たちを虫けらのように考える。心が痛むことがないと思っていると…。今思えば、あの言葉は母に向けられたものだったのかもしれない。だが、俺自身も今まで多くの貴族と関わり、幾度となく同じように感じることがあった。……リリー、おまえも同じだ。それが今日、よく分かった」

「……──ッ!?」

ようやく事の重大さを理解し、リリーは血の気が引いていく思いがした。

彼は貴族を嫌っている。それは最初の夜に何となく気づいていた。行商人の男の話を聞き、それが影響している部分もあるのだろうと簡単に考えたりもした。だが、それだけではない。全ての根源は信じていた母親の裏切りにあったのだ。

にもかかわらず、レオンハルトはこれまでリリーにその憎しみをぶつけ、酷く扱おうとしたことは一度もない。最初の夜以降、貴族を嫌悪する素振りを見せることもなかった。

それは、一人の人間として信用に足るかどうか、リリー自身を見定めようと、彼が歩み寄ろうとしていたからではないだろうか。二人の距離が徐々に近づいていったのは気のせいではなかったはずだ。

そんな彼を、リリーは失望させたのだ。少し考えれば自分の行動が卑怯だと気づけただろう。ジークフリートを怒らせないよう、兄にとっての良い子を演じているうちに大切なものを見失っていた。

何よりも怖かったのは、レオンハルトに要らないと言われることだった。それはジークフリートに言われるのとは、比べようもないほど恐ろしい想像だった。

どうしてそう思うようになったのか、薄々その理由に気づき始めていたはずなのに。

最初は、突然知らない場所に連れてこられて初めてを奪われ、大きなショックを受けた。それでも身体を開き続けたのは、快楽に負けたからでも感情を殺したからでもない。彼に触れられるのは嫌じゃないと思う自分の感覚に従ったからだ。

淫らに見えたなら、そうなのだろう。彼を欲しがった自覚はある。他の誰の身体も知らないけれど、他の誰にも同じことをされたくはない。いつだって頭の中はレオンハルトでいっぱいだった。

ならば、どうすればいい？

どうすれば、本心を彼に伝えられるのか。

たとえ、彼が聞く耳を持ってくれなくても、リリーの取るべき行動は一つしかなかった。

「手紙に書いたのは、全部、間違い……。す、好きな人を、疑ったりしない。だって、わ、私が好きなのは…、レオ、だから……」

痛みに震えるか細い声が部屋に響く。

背後で嗤う声が聞こえた。リリーは涙をグッと堪え、声を絞り出す。

「……す…き、……すき、レオが……、ん、――ッ」

しかし、言葉を遮るように、突然布のようなもので口を塞がれた。

驚いてもがこうとすると、不意に背後からの拘束が解かれる。同時にリリーの中心に差し込まれた指も引き抜かれた。

「そのままでいろ」

口を塞ぐ布に手をかけた途端、低い声に制止される。

恐る恐る後ろを振り返ると、彼はリリーから離れて執務机へ向かい、引き出しから何かを取り出し、すぐに戻ってきた。オイルランプの灯りで見えたのは、何かの小瓶だ。

「まさか痛みの恐怖から逃れる為に、そんな戯れ言を言い出すとは思わなかった」

「…ッ!?」

「とはいえ、濡れない身体を無理に抱く趣味もない。つまらないからな。……だが、おかげで思い出した。これを覚えているか？　おまえがここに来た日に娼館の店主から貰った物だ。手っ取り早く事を進めるには打ってつけの品だ」

小瓶の蓋を開けながら、レオンハルトは口端を歪める。

その言葉に考えを巡らせたリリーは、ある光景を思い出した。とても朧《おぼろ》げな記憶だが、ここへやってきた日、リリーをこの屋敷へ連れてきた娼館の店主という男が、レオンハルトに小瓶のようなものを渡していた。

だとしてもそれが何かなんて分かるわけもない。

得体の知れない恐怖にリリーは怯えたが、そんな彼女の感情を気にかけることもなく、レオンハルトは涼しい顔で細い両脚を強引に開いた。

「――ッ、んんっ」

突然の冷たさに、全身がビクンと大きく震える。見れば小瓶の中に入っていたらしいトロトロの液体が、股の内側から中心にかけて零され、肌の上を滑っていた。

レオンハルトの指先が無造作に液に触れ、ピチャッと厭らしい音が響く。そのまま滑らせた指は、リリーの中心へと真っすぐに進んだ。

「…っ、ふぅ、…んん、…ん」

零された液体のせいで下肢は淫らに濡れそぼっている。指先がソコに到達し、無遠慮に陰核を往復すると、身体が熱くなった時のような卑猥《ひわい》な音が響き渡った。信じられない思いでその光景を目にしていると、三つの指が一気に膣内へ埋め込まれていく。

「う、…んんッ！」

そのままグチュグチュと中を掻き回され、更に滑りを良くさせる為か、小瓶に残った液体を全て注ぎ込まれた。

音は一層淫らに響き、痛みが募っていたのが嘘のように彼の指を受け入れる。

「徐々に身体も熱くなる。これはそういう作用があるものらしい。望みどおり何も考えずに快楽だけに身を投じていろ」

「……ん、んんぅ、…ふぅ、んん」

違う違うと心の中で訴えながら首を振る。

だけど、彼は聞いてくれない。何も聞きたくないと言葉さえ封じられてしまった。

そんな想いに反して身体は徐々に熱を帯び始めていく。触れられている場所を中心に快感が強くなり、先ほどの言葉が矢のようにリリーの心に突き刺さる。手っ取り早く事を進める為だと彼は言っていたのだ。

目の前が涙で滲み、無表情のレオンハルトをただ見つめていると、中心を抜き差しされていた指が引き抜かれる。

彼は喉の奥で嗤いを噛み殺し、冷たい目で見下ろしていた。

「俺は最初に言ったはずだ。……欺くことだけはどうしても赦さないと。他の誰がそれをしても、おまえがすることだけは赦さないとも言った。何があっても破らないと約束したことさえ嘘だったのか？」

「……ッ!!」

リリーは目を見開いて青ざめた。その約束はちゃんと覚えている。そんなことをして平然としていられるわけがないと、あの時の自分は思ったのだ。

レオンハルトにとって、今の自分は裏切り者だ。欺いたようにしか見えないだろう。彼にそう思わせてしまった時点で弁解の余地はない。今さら後悔しても簡単に信頼は取り戻せない。

だけど、そんなつもりはなかったのだと、言い訳と取られようが、それを彼に伝えたかった。その為には、この強引な腕から少しでも距離を取らなければまともに話もできない気がする。

リリーは口を塞ぐ布を震えながら外し始めた。片眉を不愉快に持ち上げるレオンハルトに怯えるも、その一瞬を狙ってベッドから飛び出す。全ては部屋の外へ逃れようとしての行動だった。

けれど、扉を開けて廊下に飛び出した直後、呆気なく腕を掴まれてしまう。

「いや、いや、違う、違うの!!　お願い、話を聞いて……ッ!!」

リリーはただひたすら訴え、その腕から逃れようと暴れる。

ところが、もがいているうちに足を滑らせて転倒してしまった。

「あぁ…ッ!　い、痛…、……っ、や、いや……お願い、お願い」

床に身体を打ち付け、痛がりながらもリリーは廊下を這って進む。自分でも何を言っているのか分からず、ほとんどパニックを起こしかけていた。

だが、その時だった。後ろから伸し掛かられ、動きを封じられてしまう。そして、間を置かずに大きな熱の塊が下肢に押し当てられ、その強い圧迫に目を見開いた。

「ん、ッ、……あ、ああ――ッ!!」

喉を反らせ、リリーは声を上げた。何の意思の疎通もないまま、一気に貫かれたのだ。

小瓶の液体でドロドロに濡らされていたせいで痛みがないのがせめてもの救いだ。

しかし、それが始まりに過ぎないことを、彼女はすぐに思い知る。

「あ、ああっ」

為す術もなく最奥まで挿入されたリリーの身体は、そのままいとも簡単に反転させられてしまう。冷たい廊下を背に、いつの間にかレオンハルトと向き合っていた。

そして、彼の鋭い瞳に射貫かれ、一層自分の身が追い込まれてしまったことを理解する。

「リリー、俺から逃げられると思っているのか？」

「や、や、……赦して、お願いだから…ッ、あ、あぁっ!!」

大きく腰を動かされて、ぐちゅ、と粘着質で卑猥な音が廊下に響き渡る。

続けて二度、三度と掻き回され、小瓶の液体が繋がった場所から溢れ出す。あまりの羞恥に涙が零れた。

「何故逃げようとする？　それともまだ俺を侮辱《ぶじょく》し続けているのか？」

「あぁッ、……ち、ちが」

激しく突かれながらリリーは何度も首を横に振る。

侮辱なんてしていない。彼をそんなふうに思ったりするわけがない。どうすれば信じてもらえるだろう。どうしたら話を聞いてもらえるだろう。怒りに染まったその瞳はあまりに恐ろしくて、まともに言葉が出てこない。

「ああ、あッ、やあーーッ!!」

とにかく彼から逃れようと身を捩るが、足首を掴まれて彼の肩に担がれてしまう。一層深く繋がり、身体を揺さぶられながらリリーは涙を零した。

どうしよう。どうしよう。レオを怒らせてしまった。

こんなふうに抱かれるのは嫌だ。廊下は寒い。背中の床が硬くて痛い。けれど、そんなことより、彼に誤解されたままでいることの方が遥かに苦しい。

自業自得とはいえ、自分の心を説明するのがこんなに難しいなんて思わなかった。

「リリー、こんな時でもおまえの身体は俺を受け入れる。一日中抱き尽くしたら、おまえはどうなってしまうんだろうな」

ぐっと腰を突き上げられ、身体が跳ねる。

「やっ、やあっ、あーーッ」

そのまま何度も中を掻き回され、卑猥な音が廊下に響き続けた。

そんなことをされたらおかしくなってしまう。今だって一日中彼のことばかりを考えてしまうのに、身体まで埋め尽くされたら狂ってしまうに違いない。

リリーはそんな自分を想像して、ぼろぼろと涙を零した。

「あ、あぅ、やぁ、ごめんなさい…ッ、ごめんなさい…ッ」

「そんなにジークフリートのもとへ戻りたいのか？　あの男の言葉を信じ、こうして抱かれている間も、俺を誘拐犯などと思うのか!?」

「違う…ッ、あ、あ、あぅっ、ち、違うの……ッ、ごめんなさい、ごめんなさい、ごめんなさい……ッ、ああっ、あ、…ッ、レオ、赦して、レオ、レオ……ッ」

「……、……ッ、くそ……ッ」

こんな時なのに、中を突かれる度に厭らしい声が出てしまって満足に謝罪も言えない。

まだ何一つ赦してもらっていない。何一つ話を聞いてもらえていないのに、どうして身体が熱いの。これほど一方的に抱かれながら、揺さぶられる度に快感が募ってしまう。頭の芯が蕩けて、まともな思考がばらばらに散っていく。本当にこのまま彼に狂ってしまいそうだった。

「あぁう、……っふぁ、あ、レオ……、ごめ、…なさい。…っ、き、……すき、……レオ、すき、すき……す…、んん」

ぼやけていく頭の中、ひたすら想いを繰り返すと、かぶりつくように唇を塞がれた。けれど、唇を重ねられて最初に舌を滑り込ませたのはリリーの方だった。息が苦しくても夢中で舌を絡め、離れていかないようにと懸命にしがみつく。

「んん、んふぅ、…ふぁ、…ん、んぅ、ん、ん…ッ」

そのうちに彼からも舌が絡められる。抽送は一層激しくなり、廊下に響く卑猥な水音も大きくなっていく。背中に当たる床の硬さも気にならなくなっていた。

身体の奥を強く擦られ、急激に迫り上がる快感に怯える。まだ終わりたくないと身を捩るが、強い力に引き戻されて為す術もない。離れたくない。離れるのが怖い。ずっとこのままでいて欲しい。必死でしがみつくが、限界はすぐに襲いかかってくる。

「ん、んぅ、ん…ッ、っは、あ、……ッ、んん――ッッ!!」

大きく中を抉られた途端、全身に電流が走り抜けるような衝撃が走った。

尚も腰を打ち付けられてくぐもった声を上げ、ビクビクと内壁を収縮させながら高みへと押し上げられていく。

「は、っは……、あぅ…、…あっん、あ、…んん、ふ、んぅ、……っ」

僅かに唇が離され、空気を求めて喘ぐ。

けれど、どうしても離れたくなくて、リリーは絶頂に震えながら彼の口を塞いだ。

「……ん、……っは、………、……」

唇の隙間からレオンハルトの微かな喘ぎが漏れている。彼の方もその断続的な締め付けに逆らうことはできず、ほとんど同時に最後の瞬間を迎えたようだった。

互いの心臓の音が聞こえそうなほど、打ち鳴らす拍動が激しく刻まれている。

二人ともしばらくの間、身動き一つできないまま、ただ重なり合っていた。

やがて少しだけ現実を取り戻したレオンハルトが、けだる気に身を起こす。彼は肩で息をしながら、無言でリリーを見下ろしていた。

何を考えているのか全く読めない表情だ。リリーは不安になって気持ちが乱れ始める。

いつもなら行為が終われば身体が離れてしまう。今日はその瞬間が怖くて堪らない。

「……すき…、…レオ、……すき、……すき……っ」

彼を見上げながら、何度も同じ言葉を繰り返した。酷くされてもいい、冷たくされたっていい。お願いだから傍にいさせて。不安ばかりが増していく。

しかし、無情にも、ぐちゅ、と卑猥な音を残して彼はリリーから離れた。

途轍もない喪失感を覚え、リリーはぼろぼろと涙を零す。

離れてしまった。いやだいやだと首を振り、彼にしがみつく。

すると、レオンハルトはリリーを抱えて歩き出した。そのまま部屋に戻り、気がつけばベッドに横たえられ、片足を持ち上げられていた。

「心配しなくとも、いくらでも抱いてやる」

覆いかぶさり、見下ろしてくる瞳と視線がぶつかる。

その目は不安定に揺れ、唇は小刻みに震えていた。

「…ッ、あ、ああ――ッ!!」

リリーは突然の衝撃に声を上げる。

既に力を取り戻していた彼のものに、再び貫かれたのだ。

「…あっ、……んん、…っ、や、まだ……」

敏感な内壁が震え、まだその刺激は強すぎるとリリーは身を捩る。

なのに待ってくれる気配はない。身体を反転させられ、うつ伏せになると背後から腰を突き上げられた。結合部からどちらのものか分からない体液が溢れ、リリーの内股がしとどに濡れていく。

「ん、ああっ、あう、……あ、あっ、ああっ」

苦しくてもがいても簡単に引き戻されてしまう。そのうちにまたお腹の奥が熱くなった。

繋がっていると思うだけで、狂おしいほどの快感に満たされていく。

「ん、あう、…あ、あっ……レオ、……き、……す、き……っ」

自分の中を行き交う熱に悶《もだ》えながら、リリーは同じ言葉を繰り返した。

もう二度と隠し事はしない。彼の嫌がることは絶対にしない。だから戯れ言と切り捨てないで。お願いだから傍にいさせて。

「ごめ、なさ……いっ、レオ、…っ、あ、あぅう…ッ、すき…、レオ…、すき」

喘ぎ声なのか嗚咽なのか分からない弱々しい告白が部屋に響く。

彼はリリーの告白に全く答えようとしない。ただ抱き続けるだけだ。そして、何度目かの絶頂を迎えたところでリリーの体力は限界を超え、ぷっつりと意識が途切れてしまった。


「……、…っは、……、リリー……」

リリーが気を失った後もレオンハルトは彼女を離さなかった。

強く抱きしめ、不安定に瞳を揺らし、ぐったりした身体を貪《むさぼ》り続ける。熱い吐息で唇を塞ぎ、苦しげに眉を寄せるのに構わず舌を絡めとった。緩やかに腰を動かせば、僅かに中が反応して彼の雄を刺激する。けれど、リリーが目覚めることはない。腰を突き上げる度に、彼女の身体はベッドの上で大人しく揺れていた。

「――それでも…、もう二度と……、手放したりは……っ」

レオンハルトは枕の傍に転がる懐中時計を見て、血が滲むほど唇を噛み締める。その心中も、言葉の真意が分かるのも本人だけだ。

彼は何度精を放ってもリリーを解放しなかった。吐き出す精が尽きても、繋がりを解かずに体勢を変えながらひたすら身体を貪り続ける。

それは普段のレオンハルトからは想像できないほど、常軌を逸した行為だった——。

❀　❀　❀　❀

「自分が何をしたのか分かっていますか!?」

屋敷の一角で珍しく声を荒げたアルベルトの声が響いた。

視線の先にはガウンを着て、降り注ぐ陽の光を背に、窓際に寄りかかるレオンハルトがいる。怒声を浴びているにもかかわらず、彼の表情に変化は見られない。

けれど、僅かに上気した頬や赤い目の縁が、先ほどまで繰り返されていた情事を連想させ、アルベルトは目頭を押さえて大きな溜息をついた。

「なんて顔をしているんです……。あなた、本当にレオですか?」

「俺はどんな顔をしている…?」

「鏡を見れば分かりますよ。くれぐれもそのまま外に出ないでください。メス猫に群がれても知りませんから」

「……分かった」

レオンハルトは目にかかる前髪をけだる気に掻き分け、小さく頷く。

漏らす吐息が艶めかしく、本当に分かっているのかと小一時間ほど問いつめたい気分だ。

アルベルトが屋敷にやってきたのは、今から三十分ほど前のことだ。

いつもならとうにレオンハルトは家を出ている頃だったが、誰に話を聞いても今日はまだ二人とも姿を見せていないという。確認しようにも、二階へ足を踏み入れるのをレオンハルトが嫌うので誰も見に行くことができないと、皆、困った様子だった。

流石にこれは何かあったのだと思い、アルベルトが彼らの寝室へ踏み込んだのがつい先ほどの話。そこには意識のないリリーと身体を繋げ、獣のような眼差しで彼女を見つめるレオンハルトがいた。まさかこんなことになっているとは誰が想像するだろうか。

「昨夜、私の使いの者から手紙を受け取ったはずです。それが原因ですか？」

「……」

「多少揉めるだろうと思いましたが、話し合って解決しているものと思っていました。いつもの冷静さはどうしてしまったんですか？　リリー、意識がなかったじゃないですか。そんな相手を抱き続けるなんて……」

「……あぁ」

レオンハルトは気のない返事をして目を閉じる。

明らかに話を聞いていないのが分かり、アルベルトは怒りがこみ上げた。

「レオ、本当に分かっていますか⁉　先ほどまであなたが続けた行為は何だと聞いているんです！　たとえどんな理由があろうと今のあなたは最低ですよ‼」

「……そう、か」

「まさか自覚していないんですか？」

「……」

黙り込むレオンハルトに、アルベルトは呆れた。

だが、このままでは平行線を辿るだけだと考え、深呼吸を二、三度繰り返してから、レオンハルトに違う問いかけをすることにした。

「――レオ、あなたにとってリリーはどんな存在なんでしょう？」

答えが返ってこないことにアルベルトは小さく息を漏らす。

今のレオンハルトはいつもと全く違う。ほとんど言葉が届いていないようにも思える。

しかし、それでも構わないと、彼はこれまで秘めていた本音を訴え始めた。

「リリーがどうしてここに来たのか、詳しいことは私には分かりません。けれど、見ていれば分かります。何か事情があるのだろうと、敢えて深入りしないようにもしてきました。……あなたが外出する間は私に様子を見に来るよう頼み、彼女の一日がどうだったかを気にかける。他人と同じ部屋で過ごすことを嫌うあなたが、いきなりリリーを自室に入れた。週に一度家に帰れば良い方だったのに、今は遅くても毎日帰る。彼女はあなたのその変化を知りません。ですが、些細なことまで入れたらキリがないほど、あなたはリリーを気にかけている。……レオ、そんなあなたを私は好ましく思っていたんです。時折とても柔らかな表情をするようになりましたしね。ですから、今朝のことが余計に信じられないんですよ。この数ヶ月築き上げてきたものを、どうして壊すようなことをするんですか？　話し合えばいいことでしょう……っ」

話しているうちにアルベルトは後悔の念に苛まれていった。

リリーの手紙の相手については、とっくに調べがついている。しかし、それがレオンハルトに対する裏切り行為になりかねないことを、彼女は自覚していないようだった。

これほど惹かれ合いながら、まだ少し噛み合わずにいる二人。必要なのは感情を曝け出すことだと思った。だからアルベルトは、多少荒っぽくともあんな行動に出たのだ。

だが、レオンハルトはここまでの話を聞いても、何度か瞬きをするだけで全く表情が変わらない。自分の感情を自覚していないのか、それとも本当に言葉が届いていないのか、付き合いの長いアルベルトでも分からなかった。

そのまま長い沈黙を経てレオンハルトは俯き、やがてぽつりと呟く。

「……俺はリリーを近づけすぎたんだ。もっと距離を取るべきだった」

「は……？　何を言っているんです？」

信じ難い言葉を耳にして、アルベルトは顔を引きつらせる。

今の話からどうしてそうなるのか、全く理解できない。

「感情に呑まれても碌なことにならない。自滅して終わりだ。俺はそれを知っていながら、勝手に期待して勝手に失望しただけだ」

レオンハルトは窓の外を眺め、自嘲気味にそんなことを言う。

その静かすぎる横顔に、どうしてかアルベルトは何も言えなくなってしまった。

「アル、俺はどうしたんだろうな……。昨夜のことが途中から曖昧なんだ。気が高ぶっていたことは覚えている。何かを口走っていた気もする。だが、そうじゃない気もする。おまえに止められるまで、……いや、今も現実感がない場所に立っている気分だ」

「レオ？」

「手に入れた先の方が難しいなんて知らなかったんだ。あの頃のままだと思ったから、一緒に居れば溝は埋められると勘違いしていた。……このまま傍に居れば、俺は同じことを繰り返す気がする。頭が沸騰して手に負えない感じなんだ。……だから、アル。少しでいい、俺に時間をくれないか……」

「え？」

　意味が分からず聞き返すが、レオンハルトはそれ以上は答えない。話すほど感情が高ぶるのか、苦しげに息を漏らし、その瞳は焦燥を滲ませていた。

　しかし、アルベルトの視線から逃れるように、彼は身を翻してしまう。声をかける間もなくその背中はあっという間に遠ざかり、長い廊下の奥へと消えていった。

　アルベルトは眉を寄せて考え込む。今のレオンハルトの言葉を聞く限り、リリーへの気持ちを何一つ自覚していないわけではなさそうだった。とはいえ、あの頃のままとはどういう意味なのか。以前に二人は会ったことがあるのか？　何よりも記憶が曖昧というのが気にかかる。このまま彼を一人で行かせて大丈夫だろうか？

　そこでハッと我に返る。今は悠長に考えごとをしている場合ではない。レオンハルトを追いかけるべきか、それとも寝室で気を失っているリリーのもとに向かうべきか。

ぐるぐると考えを巡らせながら、ふと窓の外に目を向ける。

もう支度を済ませたのか、敷地内にある厩舎《きゅうしゃ》に向かうレオンハルトの背中が見えた。どうやら彼を追いかけるには判断が遅かったらしい。

「もう少し、自分のことを話してくれればいいんですけどね……」

アルベルトはぽつりと呟き、小さく息を漏らす。

自分の感情を見せるのをレオンハルトは意識的に避ける傾向にあった。その為、これまでただの一度も彼が感情的になっているところを見たことがない。

だから今回の一件は、彼の感情が大きく揺れ動いた瞬間だったことは間違いない。それだけリリーに心を傾けていることは明らかなのだ。

たとえ、そこに言い様のない危うさを感じたとしても――。

❀　❀　❀　❀

リリーが一階に下りてきたのは夕方に差し掛かる頃だった。

昼過ぎにアルベルトが扉越しに声をかけてくれたので目は覚めたが、身体が言うことを聞かずに起き上がることができないでいた。既にレオンハルトの姿はなく、いつものように行ってしまったのだと分かって、また目の前が涙で滲んだ。

「恨みごとをぶつけても良いんですよ。私がレオに手紙が渡るようにしたんですから」

ふらふらと歩くリリーに手を差し伸べ、アルベルトが瞳を揺らめかせる。

「……そんなこと、思ったりしないわ」

「どうしてです？」

意外そうに見つめられ、リリーは俯いた。

ジークフリートからの手紙を受け取っていたことを知られただけなら、こんなに情けない気持ちにはなっていなかっただろう。自分の保身ばかりを綴った手紙を書き、レオンハルトを裏切っていたと気づかなかったことが、あまりにも恥ずかしかった。

恐らくアルベルトがああいう形でレオンハルトに手紙を見せなければ、今でもそれに気づくことはなかったはずだ。恨み言を言うなら、それは単なる責任転嫁でしかない。これは卑怯な心が蒔《ま》いた種であり、身から出た錆《さび》なのだ。

「アル……、私、ジークに手紙を書いたの」

「え？」

アルベルトはとても驚いた顔をしている。

そんな彼にリリーは指先を震わせながら手紙を差し出した。

「迷惑だって知ってる。アル、ごめんなさい。も、もう手紙は受け取らない。渡すのもこれが最後だから……。だからお願い、ジークに渡して欲しいの……」

まだ懲りないのかと言われても仕方のないことをしている。この期に及んでと思われていることだろう。だから、拒絶されるのは覚悟の上だった。

「……いいですよ」

けれど、予想に反してアルベルトはすんなりと頷いてくれた。お礼を言おうとすると、その前に彼は首を振り、リリーの頭を柔らかく撫でる。

「大丈夫、レオはあなたを嫌ってなどいませんよ……」

そう言ってアルベルトは静かに微笑んだ。

リリーは顔をくしゃくしゃにして涙を堪える。今は優しい言葉が胸に痛い。レオンハルトをとても怒らせてしまった。まだ話せていないことが沢山ある。今になって後悔することばかりで、嫌われたかもしれないと思うと怖くて堪らなかった。

「リリー、顔色が随分悪い……。今は少し休んだ方が良さそうですね。立っているのがやっとじゃないですか。この手紙は責任を持って渡しますので心配しないでください」

「ありがとう……」

小さく頷き、リリーは項垂《うなだ》れながら階段を上る。

アルベルトの言う通り、こんな状態ではレオンハルトが帰ってきても、まともな出迎えができない。頭の中は靄《もや》がかかって同じことをぐるぐる考えているだけなのだ。

部屋に辿り着くとリリーはベッドに倒れ込む。その拍子に首からさげた懐中時計が目の前で跳ね、無意識に手に取って耳に当てた。

カチ、カチ、カチ、……秒針の音がとても落ち着く。彼も好きだと言った音だ。

シーツからレオンハルトの匂いを感じてゆっくりと瞼を閉じる。深い眠りの中に引きずり込まれて、あとは何も分からなくなった。

❀　❀　❀　❀

『要らないから捨てたんだ。余計なことをしないでくれ』


遠くでレオンハルトの声が聞こえ、リリーは驚いて振り返った。

ぽつんと建つ一軒家、他に建物は見当たらない。微かにこの景色に見覚えがある気がするが、どこかは分からない。リリーは住人に尋ねようと扉に向かって歩き出した。

けれど、ふと家の入り口に立つ小さな少女の背中と、彼女の前に立つ青年が目に入る。

リリーは目を丸くした。それは今よりも幼い顔立ちだが、紛れもなくレオンハルト本人だったのだ。

レオ、どうしてこんなところに？

声をかけようとするが言葉が出ない。そのうちに二人とも家の中に入ってしまったので、リリーも慌てて追いかけた。

『おまえと一緒に？　……冗談だろう。俺は一人じゃないと眠れない』

家に入った途端、レオンハルトの声がまた聞こえる。

レオ、どこなの？

問いかけようとしてもやはり声にならない。そこでハッと気づいた。家に入ったつもりが、いきなりどこかの一室に迷い込んでしまっていたのだ。

違和感を覚えつつも二人を捜そうとしたところで、何となく部屋の壁紙に目が留まる。

『花の模様の壁紙』だ。見たことがあると思った。

一体これは何だっただろう。首を傾げてじっと見つめる。

そして、ここが七年前の事件で覚えているあの壁紙の部屋だと気がついた。

だとしても、どうして彼の声が聞こえるのか。よろけて何歩か後ろに下がる。

すると、リリーはいきなり弾き飛ばされてしまった。見ればレオンハルトと少女が傍に立っている。どうやら自分はあの少女にぶつかってしまったらしい。

しかし、同時に違和感も覚える。彼らはずっとそこにいたんだろうか。何かがおかしい。少女は自分よりずっと小さいのに、ぶつかってもビクリともしなかった。その上、二人はリリーを全く見ようともしない。

そのまま様子を探っていると、二人が揉めていることに気がつく。些細なことだ。おままごとみたいな可愛いやりとりだった。少女は彼に一緒に眠って欲しいとせがんでいるが、それに対してレオンハルトが顔を背けて嫌がっている。先ほどの声はそれだったのかもしれない。彼は今よりも少し高めの少年の声をしていた。

リリーは何気なく少女を見つめる。そういえば、先ほどから後ろ姿しか見ていない。

金の髪が揺れている。顔を覗き込もうとするがうまくいかない。それでも強引に前に回ろうとすると、また弾き飛ばされてしまった。

どういうことだろう。困惑していると、いつの間にか視界に一面の空が広がっている。

ここは見知った光景だ。顔を上げると目の前のレオンハルトが微笑んでいる。

涙が出そうなほど綺麗な表情だった。


『これはおまえに預ける。いつかまた、返しに戻ってくればいい』


カチ、カチ、秒針の音が聞こえた。

リリーは遠ざかる背中を見つめる。手に握らされたのは、懐中時計だった。

カチ、カチ、カチ。カチ、カチ、カチ。

カチ、カチ、カチ……。


「待って、レオ!!」

リリーは目を見開き、叫びながら飛び起きた。

息を荒げ、手の中の懐中時計を握りしめる。

慌てて周囲を見渡すと、そこはいつもの寝室だった。

「はぁ、はぁっ、はぁ……、今の、何？　……夢なの？」

整わない息のまま、リリーは握りしめた懐中時計をじっと見つめる。

こうして目が覚めてもはっきりと覚えているなんて初めてだ。現実との区別がつかなくて混乱してしまいそう。

一軒家、壁紙の部屋、時計をくれたレオ…。これは何？　私の願望？

そんなわけがない。これではまるで彼が誘拐犯であることを望んでいるみたいだ。

リリーは首を振り、まだドキドキしている胸に手を当てる。ふと、窓の向こうがうっすらと明るくなり始めていることに気がついた。

あのまま朝まで眠ってしまったのだろうか。寒さに震え、目を擦りながら身を起こす。

ぼんやりと部屋の中を見渡しているうちに、リリーは何かが変だと首を傾げた。

どうしてこの広いベッドに、ぽつんと一人でいるのだろう。

「レオ……？」

小さな呟きが、やけに大きく部屋に響く。

ベッドのあちこちに手を伸ばすが、自分がいる場所以外、少しの温もりも感じない。誰かがここにいたとは思えない冷たさだった。

「――ッ！」

まともに頭が働き出すと、リリーは顔色を変えて部屋から飛び出した。

そんなわけはないと、静まり返った屋敷を彷徨い歩く。沢山の扉を開けてみたけれど、レオンハルトはどこにもいない。

これは夢の続きだ。そう思いながら、気づけば広い庭にぽつんと立っていた。

足が震え、真っすぐ立っていられない。ふらつきながら懐中時計を強く握りしめる。

「行かないで！　レオ、レオ、行かないで……ッ！」

リリーは静まり返った庭の真ん中で叫んだ。

夢の中で要らないから捨てたと言った彼の声が追いかけてくる。それが自分のことのように思えて、恐怖で震えが止まらなかった。遂にその時が来てしまったのだろうか。ここに彼が戻っていないのが答えなのか。

けれどここは彼の家だ。帰らないなんてあるわけが……。

ああ、違う。そうじゃない。父と母もそうだった。彼らには他に帰る場所があったのだ。

ならば、彼にも他に帰る場所があるのかもしれない。

彼を待つ他の誰かのもとへ行ってしまった……？

「リリー、そんなところで何をしてるんです？」

突然声をかけられ、ハッとして振り向く。

朝焼けの中に立つ黒髪の長身、アルベルトだった。

「アル、……レオを見かけなかった？　どこにもいないの」

懐中時計を握りしめ、リリーは唇を震わせる。

アルベルトは小さく息を漏らし、ゆっくりと首を横に振った。

「あなたを一人にはできないので泊まりましたが、レオの姿は……」

彼はそこまで言って沈黙してしまう。思い詰めたリリーの様子に、何も言えなくなってしまったのかもしれない。

どうしよう。とても怖い。これこそが夢だったらいいのに。

リリーの身体はぶるぶると震え始める。

しかしその時、木陰で動く何かが目に入った。

「……あ」

リリーは小さく声を上げ、アルベルトの横を通り過ぎる。

「どこへ行くんです!?　リリー！」

追いかける声を背中に感じながら、リリーは走った。

そして、塀に沿って並ぶ木々の近くで足を止めると、突然しゃがみ込む。

「どうしました？　どこか具合が……」

アルベルトが駆け寄り、心配そうにリリーを覗き込んだ。

だが、もそもそと動く何かに気づいて彼は目を丸くする。リリーは仔犬を抱えていた。

「あったかい……。はぐれてしまったのね。それとも、あなたも捨てられちゃったの？」

リリーは仔犬に向かって哀しげに呟く。

けれど、その直後、胃に突然の不快感を覚える。急激に息が上がり、口の中に大量の唾液が溜まっていくのを感じた。

「大丈夫ですか、リリー!?」

「ごほっ、……ゴホゴホ、……う、うぅ……、――ッ」

リリーは苦しげに何度か咳をすると嘔吐《おうと》した。けれど、二日前の夜以降何も食べていないせいで、出るのは胃液ばかりだ。

驚いたアルベルトが咄嗟に背をさすってくれるが、リリーはぼろぼろと涙を零し、ひたすら嘔吐を繰り返した。

「えっ、…えっ、…ゴホッ、はぁ、はぁ…ッ、うぇえ……ッ」

昨夜の手紙のやり取りで、リリーの神経はすり減り続けていた。遂に捨てられてしまったと、レオンハルトのいない現実に潰されそうだった。

嘔吐感は収まらず、苦しげな声が朝焼けの中で虚しく響く。

その日からリリーは一切の食事を受け付けなくなってしまった。

❀　❀　❀　❀

それから三日が経ち、夕方にさしかかる頃、レオンハルトは自分の屋敷へ向けて馬を走らせていた。彼は馬車よりも自分の馬で行動するのを好む。遠くまで行く時は尚更だ。

どこまで行っていたのか、彼の顔にはやや疲れが滲んでいた。

後少しで屋敷が見えるところまで来て、馬の速度が少しだけ上がる。

「レオンハルト・フェルザー！」

ところが、屋敷に続く通りに出た途端、立ちはだかる人影が目に入った。

レオンハルトは眉を寄せ、上体を起こして右の手綱を僅かに開く。命令を聞き取った彼の馬は従順に右に逸れた。頃合いを見計らって手綱を引き寄せると何とか人影を避け、馬の脚は無事に止まった。

「……何の用だ」

危険行為を責めるでもなく、レオンハルトは馬体から降りて問いかけた。

立ちはだかっていたのはリリーの兄、ジークフリートだった。

「貴様のせいでリリーがおかしくなってしまった！」

突然、彼は叫びを上げる。場にそぐわない怒声が響くのは異様な光景だった。

しかし、レオンハルトは何の反応も見せない。それに苛立ったのか、ジークフリートは一通の封書をコートから取り出した。

「手紙が…っ!!　リリーがあり得ないことを…ッ、レオンハルト、貴様の差し金だろう!?あの子がこんなことを書くわけが……っ」

要領を得ない言葉は彼の混乱を表しているようだ。ジークフリートは手にした封書を振り回しながら益々声を荒げている。

「……手紙？」

「僕が間違っているってッ、あのリリーが、僕のリリーが、どういうわけか貴様を庇うんだ！　レオを悪く言う僕は嫌いだっていうんだ!!　手紙もこれが最後だと取り次ぎもされなくなった！　よりによって誘拐犯を庇うなんて誰が考えてもおかしいだろう!?　なぁ、僕のどこが間違っているんだ？」

　本人を前にして言葉を選ばないジークフリートに、レオンハルトの唇が僅かに歪む。喉の奥で嗤いを噛み殺し、彼は「へぇ」と小さく呟いた。

「何がおかしいッ！」

「どうしてそう断言できるのかと思ってな。おまえは俺がリリーを連れ去ったのを見たのか？　俺自身には全く身に覚えがないんだが」

「なッ、白《しら》を切る気か!?」

　清々しいまでに犯人と決めつけられ、レオンハルトは吹き出しそうになった。

　これでは何を言ったところで聞く耳は持たないだろう。そう思わざるを得ないほどの歪んだ眼差しを向けられていた。

「僕に間違いはない。貴様は七年前にリリーを誘拐し、今に至っては監禁までしている。リリーが一度もここから外に出ないのが何よりの証拠だ!!　この話を周囲に広めてここにいられなくしてやるからなっ！　いいか、必ずだ。リリーは絶対に僕のもとに戻る。戻ってこなければいけないいんだ!!」

力の限り叫び、ジークフリートは肩で息をする。

レオンハルトはうっすらと笑みを浮かべ、馬の頬を撫でると再び騎乗し、そのまま屋敷に戻ろうとした。

「お、おい……ッ、逃げるのか!?」

まだ話し足りないのか、少し進んだところで尚も声をかけられる。

レオンハルトは吐息を漏らすと、馬脚《ばきゃく》を停止させて振り返った。夕焼けに染まった淡い茶色の髪が朱に輝き、鋭い光を湛えたヘーゼルの瞳で尊大に見下ろす。

威勢のいい言葉を吐き出していた割に、ジークフリートはビクッと震えて目が泳いでいた。こういう目で見られることに慣れていないのだろう。

「俺は最初に言ったはずだ。リリーを売ったのはおまえの両親だと。……取り戻したいというなら、最低限の誠意を見せるべきではないのか？」

「誠意？」

「せめて俺が出した十倍の額は用意しないと話にならない」

「十倍!?」

驚きの声を上げるジークフリートにレオンハルトは平然と頷く。

リリーをいくらで買ったか、彼は知らないはずだ。だとしても、無茶苦茶なことを言われているのは理解したのだろう。黙り込み、悔しげに顔を歪ませている。

そして、拳をぎゅっと握りしめ、ジークフリートは小さく頷いた。

「……分かった」

その答えにレオンハルトは口端を歪め、悪魔のような笑みを浮かべる。

「それは凄い。……あぁ、そうか。君は婚約をしたばかりだった。相手の家の財産に期待しているのか」

「なっ!?」

「シュナイダー氏は同業でもある。君の噂を時々耳にするのは感慨深かった。伯爵家の長子が困っていると、ささやかな応援として君を紹介した甲斐があったとな」

「――ッ!?」

「金銭目的とはいえ、家の復興の為にプライドをなげうち、一般市民と結ばれようという精神は懸命だ。これでハインミュラーの名も過去のものとならずに済む。ついでにリリーも取り戻せるかもしれない。だが、十倍というと……金貨五百万枚か。シュナイダー氏がそれだけ持っていればいいが……」

そう言葉を残し、レオンハルトは今度こそ背を向ける。

ジークフリートは愕然と立ち尽くしていた。

「ご、ひゃく……？」

背後の呟きにレオンハルトは浅く嗤う。

ジークフリートは道楽の為だけにリリーを手に入れたと思っていたのだろう。確かに絶句するほどの額だ。それだけあれば貴族としての生活をざっと二百年は送れるだろう。少なくとも自分はそれを用意できる人物を知らない。

「……手放す気があるものを、最初から欲しがるわけがないだろう？」

レオンハルトは門の向こうにある屋敷を見つめる。

囁いた本音は、まだ誰にも言ったことがなかった――。


その後、屋敷の奥にある厩舎に馬を繋ぎ、レオンハルトは真っすぐ建物へ向かった。

扉を開け、いつものように広いフロアを通り抜ける。そのまま二階へ向かおうとすると、思い切り肩を摑まれた。

振り返ると、珍しく疲労した様子のアルベルトと目が合う。

「三日も家を空けるなんて聞いていませんよ…」

盛大な溜息を耳にして、レオンハルトは随分大げさだなと眉をひそめた。

「新しい取引が始まりそうだと、おまえのところに報せを入れていたはずだが」

「知っていますよ。しかしね、あなたの居る場所がまちまちなので、こちらからは連絡を入れたくても入れられなかったんですよ。全くこんな非常時に……」

「何かあったのか？」

レオンハルトが眉をひそめると、アルベルトは大きく頷く。彼が感情の振れ幅をここまで表に出すのは珍しいことだった。

それが良くない報せだということを、レオンハルトはうっすらと感じ取る。

「この三日、リリーがほとんど食事を口にしません。無理に食べさせようとすると吐き出してしまうんです」

「医者には…」

「勿論診せましたよ。おめでたいことなら良かったのですが、そんな話でもありません。ですが、原因は間違いなくあなたですよ」

「俺が？」

「そうです。どうやらあなたに捨てられたと思っているようで……。レオ、あなた、それらしいことを言ったのですか？」

「……？」

「まぁ、私に言う必要はありません。というよりですね、一人にはしておけなかったので、私、この三日ここに泊まったんです。自分以外の男が彼女と二人きりで、一晩中一つ屋根の下にいたことになりますが、あなたは何も思いませんか？」

　挑発的な言動にレオンハルトは眉を寄せた。

　しかし、アルベルトが本音を聞き出そうとしているのはすぐに分かった。その期待に添う反応をするでもなく、考えを巡らせているうちに僅かな沈黙が続いた。

「アル、そんなことより、どうしておまえは手紙の取り次ぎをしていた？」

「は？」

もの凄く簡単に話を流され、アルベルトは顔を引きつらせている。

そんな戸惑いを気にすることもなくレオンハルトは言葉を続けた。

「おまえは親切心で手紙の取り次ぎをするようなお人好しじゃないだろう。リリーが勘違いしているのを良いことに、使用人の素振りを愉しむ変わり者だ。何か考えがあってのことじゃないのか？」

「……酷い言い草ですね」

黒髪を指で流し、アルベルトは肩を竦めて嘆息する。

そして、僅かに視線を逸らして唇を歪めた。その意味有りげな笑いは彼が素になった時、極々親しい者だけに見せるものだった。

「でしたらレオ、想像してみてください。金髪、碧眼、身なりの良い美青年。ジークフリートは一見、少女が好む物語の王子のようでしょう。通りに一人で立っていても、それはもう目立って仕方ありません。そんな相手が必死に手紙の取り次ぎを依頼するんですよ。気になるじゃないですか。弱味を握れるかもしれないと泳がせてみたくなるでしょう？」

「……」

「もっとも……、あなたの推測どおり、それだけではありません。どこかで見た顔だったというのが一番の理由です」

「見た顔？」

「ええ、すぐに調べ、思い出しましたが…。ハインミュラーの長子、ジークフリート。社交界に滅多に顔を出さない割に面白い噂のある男でした。あの容姿ですから非常に人気があったのですが、振られる女性が後を絶たず、男色の気でもあるんじゃないかと疑われていたほどでした。彼があんなに妹想いだったとは驚きましたが……。ちょっと怖いくらいですよ、私が屋敷にやってくるのを毎回待ち伏せして手紙を渡してくるんですから」

アルベルトは苦笑を浮かべている。

その様子をじっと見ながら、レオンハルトは先ほどのジークフリートとのやり取りを思い返していた。

「……なるほど」

「何です？」

「色々と参考になった」

そう言って何度か頷き、レオンハルトは部屋に戻ろうと二階に向かう。

そんな彼の背中にアルベルトは声をかける。

「レオ、部屋に戻って何を見ても怒ってはいけませんよ」

「なに？」

意味が分からない言葉に、レオンハルトは眉を寄せて振り返る。

アルベルトはおかしそうに唇を綻ばせた。

「今回の件に関して、私はリリーの味方です。これ以上の意地悪は許しませんよ」

「…？」

「それではごきげんよう」

にっこりと微笑み、言いたいことだけ言うと、アルベルトは優雅に去っていく。

少しの間、その真っすぐな背中を眺めていたが、思わせぶりな台詞が妙に引っかかり、彼はすぐに自室へ足を向けた。


――レオンハルトはベッドの傍に立ち、リリーの寝顔をじっと見下ろす。

日が暮れ始めたばかりだったが、彼女は眠ってしまっていた。

顔色が悪く、少し痩せたように見える。

「本当に何も食べていないのか」

彼はぽつりと呟き、難しい顔で黙り込んだ。

しかし、静かに眠る彼女の傍で、突然得体の知れない毛の塊がモゾモゾと動き、レオンハルトの顔が強ばる。一体何だと目を凝らし、彼はリリーを抱き寄せようとした。

ところが、真っ黒なそれはレオンハルトの視線に気づいて一瞬ビクッと震えるも、次の瞬間には猛烈なスピードで尻尾を振り始めたのだ。

仔犬がいる……。目の前のソレが何なのか、彼はそこでようやく気がついた。

「アルが言っていたのは、これのことか……」

あの思わせぶりな言葉を理解し、レオンハルトは苦笑を漏らす。

放っておけばベッドの上ではしゃぎ回りそうな雰囲気に、彼はさっと手を伸ばして抱き上げた。指先を舐めまわされて頬をひくつかせ、そのまま無造作に床へ降ろす。仔犬ははしゃぎ回って足に纏わり付いてきたが、好きなようにさせることにした。

それを横目にレオンハルトはベッドに腰を下ろし、改めてリリーの寝顔を見つめる。

頬に触れるとぴくんと瞼が震え、吐息と共に微かな声が聞こえた。

「……、……レオ……」

眠っているにもかかわらず、涙がぽろぽろと零れ落ちていく。

それを指先で拭ってやると、今度は僅かに鼻をひくつかせ、彼女は喉を鳴らし始める。

レオンハルトは黙ってその様子を観察していたが、突如リリーが自分の方へ寝返りを打ったので、少しだけ身を引こうとした。

ところが、伸びた手が彼の腰に巻き付いてきて、顔を押し付けられてしまう。

「……？」

起きているのかと顔を覗き込むが、目は閉じられたままだ。

しかし、スーハーと鼻と口で大きく呼吸を繰り返し、巻き付けた手の力が少しだけ強められる。ぐすんと鼻をすすり、また自分を呼ぶ声が聞こえた。

自身の匂いに反応したと思われる行動に、レオンハルトは眉を寄せて考え込んだ。

本当に捨てられたと思っているのか？

何も言わずに家を空けたとはいえ、そう思い込まれていることに彼は驚いていた。まさか少し離れただけで彼女がこうなってしまうとは想像もしていなかったのだ。

だが、他にどうすれば良かったのだろう。あのままでは次の夜こそ彼女を抱き殺していたかもしれない。あれほど感情的になったのは初めてで、止める術が見つからなかった。

リリーと接していると、時々必要以上に心が揺れ、感情が剝き出しになりそうになる。それは自分が何よりも避けてきた姿でもあった。

それなのに彼女が書いたあの手紙を読み、どの辺りで自分の怒りが臨界点を超えたのかが分からない。両親の過去、貴族に対する憎悪、母の欺き……。それらをリリーと重ね、気がつけば一方的に彼女を責めていた。冷静に思い返すと、彼女は泣きながら何かを訴えようとしていた気がする。一切聞こうとしなかったが、あれは何だったのだろう。

「……リリー、おまえは俺が怖くないのか？」

巻き付く彼女の腕に視線を落とし、レオンハルトは掠れた声で問いかける。

しかし、まともな思考はそこまでしか続かなかった。唐突に訪れた眠気で、彼の意識は一気に朦朧《もうろう》とし始めてしまう。

レオンハルトはあの日から碌に寝ていなかった。眠ることができなかったのだ。

足下では仔犬が纏わり付き、その温もりにさえ眠気を募らせる。彼は無意識に靴を脱ぎ、それを仔犬に与えると、そのままベッドに横になった。どうしてそうしたかは分からないが、それで大人しくなるような気がしていた。

そして、腰に巻き付くリリーの手を握り、ゆっくりと目を閉じる。

カチ、カチ、カチ、微かに秒針の音が聞こえた。

「……懐かしい、音だ……──」

吐息のような囁きは静寂に溶け、彼は深い眠りに落ちる。

部屋の中は二人の規則正しい呼吸音が繰り返されていた。それにつられて大きな欠伸をした仔犬も、彼が脱いだ靴に寄り添いながらウトウトと微睡《まどろ》み始める。

穏やかに流れる空気は、途切れることなく翌朝まで続いた。

❀　❀　❀　❀

──もしかして、まだ夢の中なのだろうか。

翌朝、目が覚めたリリーは、そんな考えを最初に思い浮かべていた。

息がかかる距離にレオンハルトの寝顔がある。それだけではない。抱きしめられて、彼の温もりまで感じることができるのだ。

試しにその広い胸にしがみついた。耳を澄ますとゆっくりとした鼓動が聞こえる。

それでも信じられず、その顔をじっと見つめた。起きている時より少しだけ幼く見える寝顔に手を伸ばし、形の良い唇に自分の唇をそっと押し付ける。

すごく柔らかくて、温かい。レオだ……、本当にレオなんだ。

ようやくこれが夢じゃないと胸を撫で下ろし、唇を離した。

「――っ!?　レ、レ、レオ……!?」

だが、唇を離した瞬間彼と目が合い、あたふたと取り乱す。

起きていないと思って大胆になりすぎた。何てはしたないことをしてしまったのかと、恥ずかしくて顔から火が噴き出しそうだった。

「私…、あの…っ、あの、ごめんなさい……ッ」

レオンハルトから離れようと、抱きしめる腕を突っぱねて身を起こそうとする。

しかし、その時だった。

ぐぅう～……と、腹の虫が盛大に鳴り響いてしまったのだ。

「……ッッ、～～～ッ!!」

どうしてこのタイミングで……。

リリーは真っ赤になりながら腹を押さえてうずくまった。

それなのに、ぐぅう～と情けない音がまた響く。恥ずかしくて泣きそうだ……。

すると、喉の奥で笑う声が聞こえ、ちらっと顔を上げるとレオンハルトの口元が優しく綻んでいる様子が目に入る。

想像もしない穏やかな再会だった。けれど、何一つ根本的に解決できていないことに気持ちが沈む。このままでは、傍にいても延々とすれ違い続けてしまう。

「話、を……聞いて、ください……っ」

リリーはうずくまったまま、か細い声で懇願した。

消え入りそうな声にレオンハルトは僅かに目を細める。「ああ…」と静かな声が返って来たことに胸を撫で下ろし、そのままの姿勢でぐすっと鼻をすすった。

「レオを欺くつもりはなかったの。無意識にいつもと同じことをしてしまって……」

「いつもと同じとは？」

「わ、私は…、物心つく前から、ジークの言うことを聞くのが当たり前だったの。……だけどいつの頃からかジークの考えにそぐわないと〝お仕置き〟をされるようになって……。それが怖くて一層言うことを聞くようにしてきた。今まではそれが無意識だったから、言いなりの自覚さえ持って無かったの……。こんなこと、言い訳にしかならないけど……」

「……そういえば、手紙にもそんなことが書かれていたな。〝お仕置き〟とはなんだ？」

その質問にリリーは一瞬顔を強ばらせる。

けれど何度か息を整え、意を決して口を開いた。

「わ、私が悪い子だと、ジークが倉庫に閉じ込めるの……。それが〝お仕置き〟」

「……え？」

レオンハルトの瞳が驚愕の色に染まる。

きっと彼には理解できない話なのだろう。この反応だけでも分かる。リリーは思い出しながらぼろぼろと涙を零した。

「あの場所は、暗くて寒くて、とても怖い。何度謝ってもジークはなかなか赦してくれなかった。こんな悪い子は捨ててしまおうって怒られる……。それを言われるのが一番怖かった。ジークだけが傍にいて優しくしてくれるのに、捨てられたら一人ぼっちになってしまう。一人は嫌、捨てられたくない。だけど、悪いのは私。いつまでも懐中時計を手放せない悪い子だから、いつもジークを怒らせてしまうの」

「……」

「それでも何度も謝った。赦してって叫び続けた。しばらくするとジークが言うの。赦して欲しかったらどうするの？　……答えなきゃいけない言葉があった。ジークが全部正しいから、〝おまじない〟をくださいって……ッ。それでジークは扉を開けてくれる。けれど、その後……、良い子になる為に我慢が必要だった」

「どういうことだ」

レオンハルトの声は硬い。

汚いと思われたりしないだろうか。リリーは震えながら額をシーツに擦り付ける。

「……ッ、手と足がふやけるまでジークが舐めるの…。その間、ジークは自分の手に何度も腰を押し付けて、息が苦しそうだった。そのうちに、下着越しにジークの顔が股の間に押し付けられて、ジークはもっと苦しそうになる。私は悲鳴を上げないよう、ずっと声を押し殺してた。〝おまじない〟が終わればジークはいつもの優しいジークに戻るから。優しいジークが私は好きだったから……ッ」

前が見えないほど涙を零しながら、リリーは全てを告白した。

思い出すことさえ嫌だった。口に出すのはもっと恐ろしい。それをレオンハルトに話さなければいけないのは、更に哀しいことだった。けれど、これを彼に理解してもらえなければ、何一つ誤解を解くことができないのだ。

「ならば……、あの手紙も、彼を恐れていたせいだと言うのか……？」

しばらくの沈黙の後、レオンハルトが口を開く。

心無しか声が震えているように聞こえ、リリーはそこでやっと顔を上げて頷いた。

「……ッ、リリー、おまえの本心は何だ。……本当のおまえはどうしたい？」

揺れる眼差しと目が合い、リリーの瞳からまたぼろぼろと涙が溢れ出す。

「ジークのところには、もう……戻りたくないっ。ここが…っ、レオの傍がいい……っ、お願い、どこにもやらないで……っ！　私、いくらジークに色々言われても、レオのことを悪く思えなかった！　本当よ、嘘なんか言ってない!!」

嗚咽を漏らし、またベッドにうずくまる。涙が止まらなかった。

すると彼はリリーに手を伸ばし、そっと身体を抱き寄せた。

益々涙が止まらず、リリーは彼の胸でわんわん泣いた。

「し、信じて…っ」

「……俺は……、随分、おまえに酷くしてしまったな……」

すまない、と耳元で呟いた言葉は掠れていて、リリーは首を横に振って抱きつく。

ジークが正しい、早く戻りたい、などと書かれた手紙を誤解しない人がいるわけがない。

あれだけを見れば裏切り以外の何ものでもない。レオンハルトの秘めた過去を思えば、逆《げき》鱗《りん》に触れるのは当然のことだろう。

溢れた涙を指で掬われ、睫毛の先に彼の唇がふわりと触れる。とても優しい抱擁に胸の奥がぎゅっと苦しくなった。

「だが、リリー。……〝おまじない〟の本質を、おまえは理解できているのか？　もし分からないと言うなら、そのことの方が俺には恐ろしく感じる」

「え？」

見上げると、彼は難しい顔で眉をひそめている。

意味が分からず小さく首を傾げた。

「おまえはその先に何があったと思う？　……本当に想像できなかったのか？」

その先？　その先に何があるのだろう。そう言われてもよく分からない。

リリーは得体の知れない不安を感じながら首を横に振った。

「ならば教えてやる。……俺とおまえが身体を重ねるように、ジークフリートはおまえと繋がりたかったんだ。あれがどういう行為か、おまえには分かるか？　行き着く先に何があったと思う？　間違いが起これば、彼の子を身籠もってしまう可能性だってあるんだ」

「……えっ⁉」

その言葉に目を見開き、リリーは激しく動揺する。強い力で抱きしめられて少し落ち着いたけれど、あまりに恐ろしい話で想像が追いつかない。

けれど、年を追うごとに閉じ込められる頻度が増し、そのことに怯えていた自分を知っている。あれは何だった？　あの先に起こる何かを予感していたからじゃないだろうか。

「リリー、それについてはもう怯えなくてもいい。おまえは今、ちゃんとここにいるだろう？　怖いと思ったのなら、それでいい。分からないままでは自分の身を守れないと言いたかっただけだ」

「……ん、…うん」

「しかし、……おまえは先ほど、何の為に〝お仕置き〟を受けたと言った？　懐中時計を手放せないからと言ったように俺には聞こえた……」

耳元の囁きは酷く掠れている。心無しか唇を震わせているようにも見えた。

こんな馬鹿な自分をレオンハルトは怒っているのだろうか。何も分からず、何も想像しなかった自分に呆れ果てているのだろうか。だとしても、これが本当の自分なのだ。彼に対してもう何一つ隠し事はしない。そう思って、リリーは小さく頷いた。

「だって、どうしても手放したくなかったの。誰かに預けるのさえ嫌だった。分からないけど私はこれが大切で、一時だって手放したくなかった……っ」

そう言うと、レオンハルトはぎゅっと抱きしめてくれた。

掠れた声で「おまえは馬鹿だ」と何度も言われた。けれど、その響きはとても優しくて涙が止まらなくなる。本当に何にも分かっていなかった。どれだけ彼に教えられただろう。

「……もう、他に聞いて欲しいことはないか？」

しばらくして涙が収まってくると、レオンハルトは小さく問いかける。

こくんと頷き、彼を見上げた。全て打ち明けたおかげで、胸の奥がすっきりしている。

「だったら食事にしようか。下にいる小さいのも待ちきれないみたいだ」

彼はリリーの頭を撫でながらくすりと笑い、キラキラした眼差しで自分たちを見上げる仔犬を指差した。

寂しがってずっとリリーの傍を離れなかったのに、大人しく床の上に座っているのを見て目を丸くする。よく見るとレオンハルトの革靴に身体をピタッと密着させていた。

「名はあるのか？」

「……バウム」

「そうか。……では、俺は先に下に行っている。おまえは泣き顔を何とかしてから降りて来た方が良さそうだ」

そう言って靴を履こうと彼が足を降ろすと、バウムは尻尾を高速回転させて纏わり付く。レオンハルトは一瞬だけ眉をひそめたが、小さく息を漏らすだけで咎めることはせず、そのまま靴を履いて部屋を出ていった。バウムが追いかけていると気づかずに……。

「レオ、凄い……」

あんなに元気なバウムの姿は初めてだった。

暫《しば》し呆然としていたリリーは、自分が置いて行かれたことに気づいてハッとする。盛大に泣いたせいできっと酷い顔をしているだろう。そう思いながらも、パンと両手で頬を叩いて立ち上がる。早く着替えて自分も下へ行こうと、彼女は元気に部屋を飛び出した。

――リリーの腹の虫はなかなかおさまらなかった。

この三日、食事をほとんど口にできなかったのは本当だ。

それなのに、レオンハルトが帰った途端に空腹を感じ、一気に食欲が戻ってしまった。

その上、出された肉も魚も野菜も、全てを平らげても物足りない。スープをおかわりしようとしたところ、いきなり食べすぎるのは良くないと注意されるほどだった。

レオンハルトはこの状態を信じてくれるだろうか。

けれど、思い返してみればリリーは最初からこうだった。食欲がない時でも、彼が傍にいるだけで胃が正常に働くようになる。精神的なものというのは疑いようがないが、どういうわけかレオンハルトの存在が不可欠なのだ。今回はそれが顕著《けんちょ》に表れたのかもしれないが、理由までは分からなかった。

そのことに対して、彼は特に何も言わない。彼女の口に食べ物が運ばれていく様子を、時折じっと見ていただけだ。

そして、午後を回った頃だった。レオンハルトが出かける気配がないことに、リリーは唐突に気がつく。寝室と執務室が兼用になったこの部屋で、彼はガウンを着たまま書類片手に難しい顔をしている。とても不思議な光景だった。

「……なんだ」

レオンハルトは眉を寄せ、どことなく居心地悪そうに口を開いた。

「えっ」

突然話しかけられ、リリーは目を丸くする。先ほどから執務机の傍に座り、ひたすらレオンハルトを見つめ続けていた自分の行動に、リリーは気づいていなかった。

「いや、いい……」

彼は諦めた様子で首を振り、また書類に視線を落とす。

静かな部屋に紙を捲《めく》る乾いた音だけが響き、リリーはそれを未だ夢心地で見ていた。近くにいられることはもとより、帰ってこないとさえ思っていたのだから。

――コン、コン、コン
「レオ、ちょっといいですか？」

不意に扉をノックする音がして顔を上げると、アルベルトの声がした。

返事をすると、顔を覗かせたアルベルトがリリーに笑顔を向ける。つられて笑みを浮かべたリリーだが、席を立って部屋から出ていくレオンハルトの背中を見て急に笑顔がしぼんでしまう。やはり彼は行ってしまうのだ。

ところが、十五分ほどで二人は部屋に戻り、それが勘違いだと気がつく。レオンハルトはそのまま執務椅子に腰掛けて再び書類に目を通し始めたのだ。見ればアルベルトの方がコートを着て、出かける様子だった。

「リリー、少しの間ここに顔を出せませんが、レオを頼みますね」

かったですね」

「所用ができたもので……。それはそうと、レオがその子とうまくやっていけそうで良かったですね」

アルベルトはバウムを見つめて微笑む。

リリーは大きく頷いた。レオンハルトからバウムを構うことはまだないが、彼が動く度にバウムは尻尾を振って後をついて回る。朝からずっとだ。今だって抱き上げていなければ、きっと彼の足下に纏わり付いて離れないだろう。

そんな彼女の笑顔をアルベルトは安堵した様子で見ている。昨日までの憔悴《しょうすい》しきった姿を知っているからこそ、そんな表情をしたのかもしれない。

そして、彼はふと、腰に手を当て考え込む。視線の先は涼しい顔で書類に目を通しているレオンハルトだ。その横顔を見ていたアルベルトは、突然ニヤリと笑みを浮かべた。

「リリー、元気になったお祝いとして、あなたにとっておきの秘密を教えましょう」

「え？」

いきなりそんなことを言われ、リリーはきょとんと首を傾げる。

会話が気になるのか、レオンハルトも顔を上げていた。それを見たアルベルトは不自然なまでの笑顔を作り、リリーだけに聞こえるよう耳打ちをする。

「これは口止めされていたことですが……。実を言うと、レオは動物が苦手なんです」

「えっ!?」

「あ、バウムは大丈夫ですよ。面白いことに一度受け入れたものは平気なんです。厩舎の馬も訳あって取引先に押し付けられたのが始まりでしたし、ちゃんと面倒見ているのを知っているでしょう？　ただ、よほどのことがない限り、レオは自ら手を出しません。リリー、覚えていますか？　レオがあなたの飼い猫を引き取りに、ハインミュラーの城まで出向いたことがあったでしょう。私から見ると、あれは驚き以外の何ものでもありませんでした。聞けば城は既にもぬけの殻で、周辺まで随分探し回ったとか……」

耳打ちされた内容にリリーは驚くばかりで声が出ない。

そんな様子にアルベルトはクスリと笑い、更に声をひそめて話を続けた。

「結果は残念なものでしたが、レオの行動には大きな意味があったと思うんです。あなたの大切なものの面倒を一生見るつもりだったということなんですから。……だからリリー、あなたはもっと自分に自信を持ってもいいいんじゃないでしょうか」

「……ッ」

アルベルトの内緒話に、リリーの目には遂に涙が浮かび始める。自分が知らないところでそんなことがあったなんて想像もしなかった。

しかし、その一方で当のレオンハルトは怪訝な顔を見せている。彼にはこれらの会話が何一つ聞こえておらず、非常に面白くないといった様子だ。

それに気づいたアルベルトは、さっとリリーから離れ、にっこりと笑顔を浮かべた。

「これは失礼。すぐに退散するので、そんなに怖い顔をしないでください」

「……怖い？」

「ええ、とっても。たまにはにっこりと笑顔でいることをお勧めします。ついでに一言。病み上がりのリリーに無茶なことはしないように。この間のようなことがあれば、今度は拳を使って止めさせていただきます。……それではお二人とも、ごきげんよう」

ささやかな毒を吐き、優雅にお辞儀をして、アルベルトはにこやかに出ていく。途端に部屋の中が静寂に包まれ、毒を吐かれたレオンハルトはむっつりと黙り込んでいた。

「アルが来ないの寂しいね」

ほどなくして、リリーはバウムに話しかけた。

しかし、頭の中では先ほどのアルベルトの耳打ちがぐるぐる回っている。何も聞かなかった素振りでいようとするが、チラチラと彼の様子を窺ってしまう。そのうち、リリーは喜びを隠しきれずにバウムの身体に顔を埋めた。

何度かそれを繰り返していると、レオンハルトは突然書類を机に置く。どうしたんだろうと見ていると、彼はリリーに目を向けた。

「俺はしばらく休暇を取ることにした。だから俺のいない間はアルが仕事の代わりを務める。ここに来られないのはそれが理由だ」

説明を求めたつもりはなかったのだが、どうやら、『アルが来ないの寂しいね』というリリーの言葉に反応した台詞のようだ。

だが、その言葉にリリーはぱっと顔を輝かせた。細かいことは分からないが、これからしばらくレオンハルトが屋敷にいると知り喜ばずにはいられない。

　そして、そんなリリーを更に驚かせる言葉を彼は続けた。

「言っていなかったが、俺がやっている今の事業はアルと興したものだ。いわば俺たちは共同経営者だな。俺の代わりはアルにしかできないし、その逆も然りだ。それにあいつは、ああ見えて男爵家の次男で顔も広い。貴族相手の取引には特に役立つ存在だ」

「男爵家…、え、ええ!?」

　声を上げ、リリーは身を乗り出す。

　共同経営者で男爵家の次男、次々告げられる新事実に呆然とするばかりだ。

　ただ、今さらながら変に思うことは確かにあった。丁寧な口調の割に、レオンハルトと対等な関係を思わせるやりとりや、ここに来るのに忙しない印象を受けたのもそうだ。

　知っている家令に雰囲気が重なるからと、勝手に思い込んだのはリリーの方。

　とはいえ、アルベルトも積極的にリリーの世話を焼こうとして、余計に勘違いを助長させた部分もある。また、そうだとするなら不思議に思うこともあった。

「アルが毎日のようにここに来ていたのはどうして？」

「この屋敷の前の持ち主だったからだ」

「そうなの？」

「ああ、俺がこの屋敷に住み始めてまだ一年にも満たない。その上、今まではあまり帰らなかったから勝手がよく分からなかった。だからアルに任せておけば、おまえも早くここに馴染めると思ったんだ。それに貴族同士、育った環境が近ければ何かと……」

そこまで言うと彼は急に言葉を切り、黙り込んでしまった。

「……何故泣いている？」

少しして問いかけられ、リリーは首を振る。今日はとんでもない日だ。レオンハルトもアルベルトも、どうして考えもしなかったことを、突然さらっと告白するんだろう。

けれど、前にもそんなことがあった。一人だと食べないということも彼が教えてくれたのだ。不自由なく暮らせるように気遣わなければ、こんな発想は生まれない。もしかしたら、他にもリリーが知らずにいることが沢山あるのかもしれない。

何て分かりづらい人なんだろう。相手に良く思われようとしているわけじゃないと言われればそれまでだが、知らずにいたリリーは当初彼を素っ気ないなどと思っていたのだ。

「おまえは本当によく泣くな」

温かい指先が頬に触れ、リリーは益々涙腺《るいせん》が緩んでしまう。

本当に彼が好きだ。今この瞬間、自分の想いを伝えたくて感情が溢れ出てくる。

たとえ彼が貴族を嫌いでも構わない。だって彼は全てを否定しない。アルベルトと仕事をしているのが何よりの証拠だ。自分も特別になりたい。誰よりも近くにいたい。この人に触れていいのは私だけだと我が儘を言えるようになりたい。

リリーはバウムを床に降ろし、レオンハルトの前に立つ。椅子に座ったままこちらを見上げる彼に抱きつきたい衝動を抑え、息を整える。

そして、三日前には答えてもらえなかった言葉を、もう一度繰り返した。

「レオ……、好き。……あなたが好きなの」

何百回でも何千回でも、彼に伝わるまで告白するつもりだった。何年かかっても構わないとさえ思っていた。

けれど、その意気込みに反して、彼は僅かに頷いてリリーを見つめる。

「それはもう、……わかった」

「……っ」

その言葉にびっくりして、嬉しくて、色々な感情がぐちゃぐちゃになり、リリーは泣き崩れてしまう。先ほどアルベルトに耳打ちされた言葉も蘇《よみがえ》り、もうどうしていいか分からない。今日は一日中泣き通しだ。

「……っひ、…レオ、……っ、…ッ」

「どうした」

「レオ、……動物、苦手って本当？」

「……っ、アルか…」

小さく頷くと、レオンハルトはとても嫌そうな表情を浮かべた。

けれど、話を聞けてとても嬉しかったのだ。秘密にしないで教えて欲しかった。

じっと見つめると、彼は目を逸らしてしまう。苦手ということを知られ、気まずく思っているのだろうか。

「……彼らは…、先に逝く。だが、そうでなければならない」

やがて彼はそんなふうに答えを漏らした。それはレオンハルトが苦手な動物を指すのだろうか。リリーは頷き、次の言葉を待つ。

すると、彼は眉を寄せぽつりと呟いた。

「別に、……それだけだ」

「それって…、もしかして嫌いではないということ？」

「……」

「別れが辛いから？　触れたら情が移る？」

「……」

「バウムも、……私も？」

「……」

レオンハルトは沈黙を続け、答えようとしない。

しかし、その眼差しは肯定しているように思えた。

見えなかったものがどんどん鮮明になっていく。何を信じれば良いのか、誰を信じたいのか、こんなにはっきりと見えたことはなかった。

そして、兄の手紙に猫たちの近況が書かれない理由がようやく理解できた。

ハインミュラーの城にレオンハルトが出かけた日、彼はあの子たちのことをなかなか切り出そうとしなかった。それは多分、探したけれど見つからなかったということを、どう言うべきか迷っていたからだ。ジークフリートの名前を出した途端嬉しそうに笑ったから、彼は嘘をつくことにしたのだろうか。あの時のやりとりが今になって蘇ってくる。

「レオ、……好き、大好き」

「……」

「キ、キス、させて。触れさせて、お願い」

返事も待たずにリリーは彼にキスをした。

触れたら情が移るなら自分にも欲しい。他の誰にも触らないで。

心を傾けてくれるかもしれないなら、一日中でもくっついていたい。

「好き……、大好き」

そう言って抱きつき、何度もキスを繰り返す。

レオンハルトは拒絶しない。代わりに抱きしめてくれた。

どうかこのまま傍にいさせて欲しい。どこへもやらないで。

まだ僅かに残る怯えを胸に宿しながら、リリーは必死にしがみついていた。

第三章

――カチ、カチ、カチ、カチ……。聞こえるのは懐中時計の音。

空を見上げる。切ないほど綺麗な夕焼けだった。

『レオ、貴族はな、人の皮を被った悪魔だ。どんなに綺麗な姿をしていても皆同じだ。絶対にそのことを忘れるなよ。誰一人信じてはいけないんだ』

『母さんも？』

『母さんだけは天使だったよ。こんな俺を最後の瞬間まで裏切らなかった。そういえば、おまえは母さんによく似ている。だから俺を裏切らないでくれよ。なぁ、レオ……』

そう言って笑う父の目はいつも少し淀んでいた。母に似た息子を見てどこか不安定に揺れる眼差しを、子供ながらに重苦しく感じていたのを覚えている。

『全く、自分が転がされているとも知らず、娼館に来る連中ってのは何て滑稽な豚共だ。レオ、俺はな、いつかこの手で奴らを地獄に落としてやる。その為の準備はしてるんだ』

『へぇ、…どんな？』

『いずれ教えてやる。……だがなレオ、本当は人間なんて全部一緒だ。貴族共と似たような性質を誰も彼も多少は持ってやがる。おまえは賢いから分かるな？　他人を信用するなよ、利用するんだ。絶対に弱みを見せるな。感情なんて捨てていい。振り回されたら終わりだ。……いいか、全てを憎め。自分だけが真実だ。レオ、母さんのように俺の言うことだけを信じろよ。世の中敵ばかりなんだ。……なぁ、母さん？』

父は次第に俺を見ずに話をするようになった。

代わりに、唯一残された母の形見に父は濁った瞳で日々話しかける。

植え付けられる憎悪。酔えば誰彼構わず暴言を吐く。友人も減り、貴族嫌いはいつしか人間嫌いに変化し、人との付き合いも極端に減っていった。

とても息苦しい。最愛の人との思い出も、うまくいかなかった過去も、父さんは何もかも俺に押し付けようとする。そうやって憎しみばかりを募らせるのは、現実と理想の溝を埋められないからだろう？　もう分かったから、望みどおりに生きるから、いい加減その口を閉じてくれ。俺は父さんみたいに失敗しない。

そんなことを考え始めた十六の時、帰宅途中、父は夜盗に襲われ呆気なく死んだ。

カチ、カチ、カチ、カチ……。聞こえるのは懐中時計の虚しい音。

葬儀が終わり、夕暮れの中、通りの隅にぽつんと立ち止まる。見上げた空が遠い。周りに人の気配をほとんど感じないのが不思議だった。

『父さんがいなくなれば俺は一人だ。友達もいない。誰もいない。……寂しくはないよ。それが望みだろう？　……、……さよなら、父さん』

耳元で鳴っていた時計は、父の大切にしていた母の形見だ。

決別の意味を込めて地面に投げ捨てる。

思い出に縋る生き方はしない。誰にも心は預けない。俺は一人で生きていく。

だから、捨てられるものは全て捨てることにしたんだ——。


カチ、カチ、カチ…、傍で鳴り続ける懐中時計の音にレオンハルトは目を覚ます。

枕元に置かれたリリーの時計を見ながら何度か瞬きをした。それを手に取り、耳に当て、未だ眠りに就いたままのリリーの頬に唇を寄せる。彼女はとても温かい。

「……父さん、リリーは母さんのような女とは違う」

小さく囁きを漏らし、懐中時計は枕元にそっと返した。

懐かしい夢だ。十六までの自分は、ずっと父の理想に振り回されていた。どうして今頃こんな夢を見るのだろう。あれから沢山のものを切り捨てた。感情も何もかも……。

「リリー、俺が捨てたはずのものを、おまえはいつも笑いながら拾ってくるんだ」

柔らかい手を握りしめ、レオンハルトはくすりと笑う。

無邪気に好意を寄せる眼差しに、気づいたら警戒を解いている自分がいる。

おかげで捨てたはずのものが随分手元に戻ってきてしまった。

だが、そんな自分が嫌いじゃない。人に心を預けるのも悪くない。人は変われるのだと、日々の中でレオンハルトは思い始めていた。

　──コン、コン
　遠慮がちなノックの音にハッとする。

　レオンハルトはリリーを起こさないようベッドから抜け出した。

「おはようございます。久しぶりに話をしませんか？」

　早朝の訪問者はアルベルトだった。自分に代わり、彼が仕事に向かってから既に二週間が経っている。

　レオンハルトは無言で頷き、そのまま一階の応接間に移動することにした。

「──あなたと組んでそろそろ六年になるんですね」

「そんなになるか…」

　互いに窓辺に凭《もた》れ、レオンハルトはアルベルトとの他愛ない会話に耳を傾ける。

　考えてみると、二人でこういう話をするのは初めてだった。

「ええ。色々ありましたが、私たちはなかなかうまくやっていると思いますよ。そうそう、前々から不思議に思うことがあったのですが…。レオ、あなたは我々の品を流通させる為に時々手品を使うようにルートを開拓することがあるでしょう。何か特別なコネクションでも持っているんですか？　ほら、一年前も手強《ごわ》い侯爵家をあっという間に懐柔して、領地丸ごと自分たちの縄張りにしてしまったことがあったでしょう」

　問いかけにレオンハルトは考えを巡らせる。

やがて思い出したように小さく頷いた。

「ああ、あれか……。あの頃は結構な大金が必要になった時期だったんだ。どんな手でも使うさ」

「……種明かしはしてくれませんか。それもあなたの興味深いところですが。それにしても、あの領地で稼いだ額といえば相当でしょう。それほどの大金が必要だったのですか？」

「ああ、手持ちでは到底足りなかった」

意味深な台詞にアルベルトは眉をひそめる。しかし、レオンハルトは答えを求められるのを拒絶してか、目を合わせようとしない。

「アル、おまえはそんな話をしにやってきたのか？　本題は何だ」

不機嫌に息を漏らすレオンハルトの様子に、アルベルトは苦笑して頷いた。

「本日は、とある話し合いのお誘いに参りました」

「話し合い？」

「ええ、あなたがつい二週間前に屋敷を離れて走り回っていた件に関してです」

そう答えるアルベルトの微笑みはどことなく含みがある。

レオンハルトはぴくりと頬をひくつかせて顔を上げ、先を促した。

「レオが嗅ぎ付けた話にいよいよ信憑性《しんぴょう》が出てきました。どうやら周辺諸国の情勢が悪化の一途を辿っているらしく、もめ事が起こる可能性が高まっていると……。我が国まで巻き込まれるかは五分五分。どちらにしても近々大量に銃器の仕入れが必要になるでしょう。

その取引き先になりそうな相手との交渉というわけです」

「そうか……」

「嫌ですね、こんなことまであなたの嗅覚は本当によく働く」

「……」

「あなたの仕事、リリーにはどう説明しているんです？」

「確か……、織物、香辛料、酒、油、その他諸々を売り買いしていると話した気がする」

「その他諸々、ですか。間違ってはいませんね」

「ああ、間違っていない」

レオンハルトは溜息をつき、窓の外を見上げた。

その横顔はいつもどおり、やけに静かなものだ。

「レオ、もう二週間です。リリーを残して出かけるのはまだ心配ですか？　それとも、他に懸念していることでも？」

腹を探るような問いかけに、レオンハルトの瞳が微かに惑う。

「……いや、行こう。……俺も焼きが回ったな。父を噛えなくなってきた」

しかし、本音は語らず自嘲的な物言いをして、レオンハルトはそのまま部屋を出ていこうとする。

「――父を噛えない？　あなたが家族のことを口にするのを初めて聞きました。…らしくないですね。一体何に気を取られているんです？」

眉をひそめ、アルベルトは問いかける。

「……別に何もない。勘ぐり過ぎだ」

レオンハルトは一瞬だけ足を止め、小さく答える。

それ以上の話をするきっかけはなく、支度を済ませると二人は屋敷を後にした。

❀　❀　❀　❀

その後、リリーが目覚めたのは、二人が出かけて一時間ほどが過ぎた頃だった。

「んん、……、……ん〜〜っ」

彼女は大きく伸びをして、横になったままきょろきょろと周囲を見回す。

「……レオ？」

すぐに彼の姿がないと気づき、リリーの表情が曇った。

レオンハルトがいつも眠っている辺りに手を伸ばし、全体的にベッドが冷たいことを確かめる。随分前に起床しているのは明らかだ。また置いて行かれてしまったのだろうか。

ところが、枕の傍に置かれた小さな紙を見つけ、リリーは目を丸くした。

「……え？　これ…って」

紙には文字が書かれている。とても短く、簡潔な内容が……。

――夕刻までには戻る。食事はとるように。

何て素っ気ない文章だろう。リリーは笑顔を浮かべる。レオンハルトが残した手紙だとすぐに分かったからだ。

そして、たったそれだけのことがとても嬉しくて、昼を過ぎてもリリーはそのメモ書きを眺めては一人でニコニコと笑みを浮かべていた。勿論、言いつけはしっかり守って、朝も昼もきれいに完食している。彼が食べろと言うと何故かお腹が空くので、食べすぎて太ってしまいそうなのがちょっとだけ心配だ。

「……レオの文字は読みやすくて、とっても上手なのね」

庭の真ん中に腰を下ろし、リリーはうっとりしながらメモ書きを指でなぞった。そして、何十回となく読み返したそれを宝物のように抱きしめる。

その拍子に懐中時計が指に触れた。ふと、あることを思い出す。

――そういえば、レオがいなくなった時に見た夢は何だったんだろう？

あれほどはっきり夢を覚えているのは初めてだった。起きた後もしばらくは現実との区別がつかず、変な感じが続いていた。思い出そうと思えば今でも鮮明に蘇ってくる。

今より少し幼い顔立ちのレオンハルト、一軒家、花の模様の壁紙、懐中時計――。

あの夢が導き出すのは、七年前の誘拐事件のように思えた。しかし、そもそも彼がそんな犯行に及ぶ理由がどこにあるだろう。ジークフリートの手紙を見た彼は見当違いの疑いに憤っているのが透けて見えるほどだった。だから、あの夢は昔の彼と少しでも接点を持ちたいという単なる願望なのだ。いつまでもこだわっていたら、また彼を失望させてしまう。


「……願望？」

ふと、自分の考えに首を傾げる。思えば夢を見た直後も同じことを考えていた。

リリーはふるふると首を振って自分の思考を振り払う。何て馬鹿なんだろう。もうあの夢のことは忘れるべきだ。

ところがそんな時、妙なことが起こる。正門周辺が突然ざわつき始めたのだ。

「何…？」

眉をひそめて様子を窺うと、誰かの怒声が響いているのが聞こえた。やけに沢山の人の
気配があるのも気になり、近づいてみると馬車が一台停まっているのが見える。

「レオが帰ってきたのかな…」

それにしては何かおかしいと思いながらも、更に近づこうとする。

自分の後ろに近づく気配には何一つ気づかなかった。

「リリー、こんなところにいた……」

「……ッ!?」

芝を踏みしめる音と共に声をかけられ、リリーはびくっと肩を震わせる。

ただの驚きではなかった。ここにいるはずのない人間の声を聞いた気がしたからだ。

――今の…、聞き間違い？

けれど、リリーがその声を間違えるわけがない。『彼』以外あり得なかった。それでも

何かの間違いではないかと、信じられない思いで振り返る。

「迎えに来たよ。一緒に行こう」

「……ジーク」

想像どおりの人物を目の当たりにして、リリーは顔を強ばらせた。

どうして彼がここにいるんだろう。この状況に呆然と立ち尽くしていると、ジークフリートはにっこりと満面の笑みを浮かべた。

「……？」

その笑顔にリリーは違和感を覚えた。うまく説明できないが、知っている兄の笑顔とはどこかが違う気がするのだ。妙な不安を感じ、リリーはじりじりと後ずさる。

しかし、ジークフリートは笑顔のままどんどん距離を詰めてくる。

「だめだよリリー。僕の言うこと、いつもはちゃんと聞けたろう？」

リリーは少し怖くなり、逃げ場を探した。

心臓の音がうるさい。とにかく今はここを離れたいと背を向けて走り出した。

「リリー！」

「いやあっ!!」

考えを読まれていたのだろう。走った直後には追いつかれ、後ろから回された手で拘束されてしまった。必死でもがくが力の差は歴然としている。馬車の傍まで抱きかかえられ、中に押し込められそうになった。その時になって、この馬車がジークフリートが乗って来たものと気づき、リリーは力の限り暴れる。このまま連れて行かれるわけにはいかない。暴れた拍子に一瞬だけ腕が離れ、無我夢中で逃げ出した。

だが、悪いことは重なる。駆け出した瞬間、ふわ…と白い紙が宙を舞って、彼女の時間は一瞬で止まってしまった。

「……あっ！」

リリーは逃げていたことも忘れ、慌ててそれを追いかける。

地面に落ちたところを拾いあげ、ホッと息を漏らす。これはレオンハルトが初めて残してくれた大切な手紙だ。

ところが、リリーはすぐに現実に引き戻された。

後ろから抱きすくめられたことで今の状況を思い出し、一気に血の気が引いていく。

「ねぇ、リリー。その紙は、なぁに？」

耳元で囁かれ、リリーは首を振る。

「な、なんでも……あっ!!」

けれど、目の前からレオンハルトの手紙がさっと消えてしまう。

後ろから伸びた手に呆気なく奪われてしまったのだ。取り返そうとするが身動きがとれない。拘束しているのは彼の片腕だけなのに抵抗一つできなかった。しかも、ジークフリートは何を考えているのか、無言でそれを眺め続けている。

「返して、お願い……、意地悪しないで、ジーク」

「……」

「――ッ!!　いやあっ！」

懇願虚しく目の前で手紙を破かれ、リリーは悲鳴に似た声を上げた。

その上、あっさりとゴミのように捨てられてしまい、愕然としながら涙を滲ませる。

それも束の間、息をつく間もなく身体を抱えられ、再び馬車に押し込められそうになった。激しく抵抗するがやはりジークフリートの力には敵わない。できるのは、ひたすら声を上げて助けを呼ぶことだけだった。

「いや、いやーーッ、レオ、レオ、助けて、レオ!!」

「……リリー、はしたないね」

「レオ、レオ、レ、……ん、んーー、…ッ!?」

いきなり口に布を巻かれ、言葉を奪われる。それだけでは終わらず、用意されていたロープを手際よく手足に巻かれて身動きも封じられた。

一連の暴挙に呆然としていると、犬の鳴き声が近づいてくる。きっとバウムだ。そう思って身体を捻るが、口に巻かれた布がきつくて少し動くだけで息が苦しくなる。外ではバウムの唸り声とジークフリートの罵声が響き渡っていた。もしかしてあの小さな身体で立ち向かっているんだろうか。

止めなければと思いながらも、少し動く度に身体が言うことを聞かなくなっていく。

満足に空気が吸えずに意識が混濁《こんだく》し始め、徐々に瞼が落ちていった。

「早く馬車を出せ！」

「……ですが……」

「いいから早くしろ、金は充分渡しただろう!?　僕は伯爵家の人間だ、逆らう気か!!」

「いえ、そんな……」

「だったら早くしろ。何だ貴様ら、何を見ている!!　愚民共は消え失せろ！」

そんな会話が遠くに聞こえ、やがて地面が揺らぎ始める。

馬車が動き出したのが分かり、血の気が引いていく思いがした。

このままでは言いつけを破ってしまう。レオンハルトはまだここから出てもいいと言っていない。彼が連れ出してくれるまではここから出たくないのに。

もう裏切りたくない。お願いだから邪魔をしないで……。

「……こんなもの、いつまでも持っているからだ」

そんな呟きと共に胸元に手が伸び、懐中時計を取り上げられる。

ジークフリートはそれを無感動な眼差しで一瞥すると、馬車の窓から放り投げた。

絶望的な気分のままリリーの意識はそこで途切れる。口元の布はそこで外され、ジークフリートは、この上なく満足げな笑みを浮かべていた。

――レオンハルトとアルベルトが屋敷へ戻ったのは、騒動からゆうに二時間は経過した後だった。

　重い空気に包まれた屋敷の様子に二人はすぐに異変を感じ取る。顔を見合わせて険しい表情を浮かべると、背後から声をかけられた。

「リリー様が……、申し訳ありません…、申し訳ありません!!」

　ひたすら謝罪を繰り返すのは、一連の出来事を見ていた使用人たちだ。

「どうしたんですか。リリーに何が？」

　アルベルトは彼らから話を聞き出そうと笑顔を取り繕う。その横で地面に落ちている白いものに気を留めたレオンハルトは、話を聞かずにその場を離れた。

「……これは、朝に残したやつか？」

　ぽつりと呟き、眉をひそめる。白いものの正体は、破かれたメモ書きだった。

　不意にバウムが近づき、レオンハルトをじっと見つめる。視線がぶつかるとそのまま駆け出し、バウムは門の近くの木陰でうろうろし始めた。その行動の意味を理解し、レオンハルトは後を追う。そこには無造作に転がる懐中時計があった。

「レオ、どうやらリリーが連れ去られたようです。突然馬車で乗り込んできた金髪の若い男が、伯爵家がどうとか喚いていたようで…。相手はジークフリートかもしれません」

　アルベルトが使用人たちから聞いた内容を整理して話しかける。

　レオンハルトは無表情のまま、懐中時計を手に取り立ち上がった。

「あの男以外にこんなことをする者などいない」

「まさか…、この二週間外に出なかったのは、これを警戒していたからですか!?」

「……」

レオンハルトは答えない。だが、その表情を見てアルベルトはぞっとした。

嗤っているのだ。憎悪の眼差しを浮かべながら……。

「レ、レオ、落ち着いて。冷静に行動しましょう。まずは自警団に要請して…」

「俺は行く。アルはここで待て」

「どこへ行くんです!? レオ、レオ!! ……早まってはいけません。貴族を殺せば極刑に…」

追いかける声を無視して、レオンハルトは厩舎へ向かう。

尚も制止するアルベルトを振り切り、彼はそのまま馬に跨がり屋敷から飛び出した。

夕暮れ前の慌ただしさの中、蹄《ひづめ》の音がやけに大きく響き渡る。

「──ならば、殺さなければいいんだろう……!?」

怒りに震えた声は風にかき消され、彼の姿もすぐに皆の視界から消え去った。

❀　❀　❀　❀

その頃、ようやく目が覚めたリリーは、見知らぬ部屋の様子に眉をひそめていた。

窓の外を見れば既に日が沈みかけている。随分眠ってしまったようだった。

「どこに連れてこられたの……？」

不思議と頭の中は冷静だ。自分がどこかに連れてこられたことも分かっている。手足を見ると縛っていたロープは外され、拘束が解かれていた。このまま逃げられるかもしれない。ここがレオンハルトの屋敷に近いといいけれど……。

自身の状況も理解できないのに、リリーは真っ先にそんなことを心配していた。

「ああ、良かった。やっと起きたね」

扉が開く音と共にジークフリートがオイルランプを持ってやってくる。

ビクッと震えて振り返ると、彼は持ってきたランプをベッドの傍に置いた。

「リリー、手を出してごらん」

そう言って傍の椅子に腰掛け、彼はリリーに笑みを向ける。

いつもの優しい声だ。無闇に逆らうのは良くないと思い、リリーは迷いながらも手を差し出す。すると、彼はリリーの手を両手でそっと包み、唇を綻ばせた。

「……君が眠るまで、僕はよくこうして手を握っていたね」

「うん…」

小さく頷くとジークフリートは益々笑顔になる。

確かに幼い頃はよく手を握られながら眠った。優しく温かい手が大好きだったのだ。

「そうそう、君はいつも僕の後を追いかけて来てね…。走るとキラキラの金の髪がふわふわと舞うんだ。僕はそれを見るのがとても好きだったよ。この青い瞳はいつだって僕を探すのに一生懸命で、バラ色の頬は触れるとマシュマロのように柔らかくて愛らしい。リリーの何もかもが本当に愛しくて堪らなかったんだ」

どうしていきなり昔の話をするのか不思議だった。けれど、今のジークフリートの目はとても優しい。元の彼に戻ったようで、リリーは少しだけ胸を撫で下ろした。

「ねぇ、リリー。君はまるで人形のようだ。綺麗で従順で、僕の理想そのものなんだよ」

「……え？」

きょとんとして首を傾げる。人形という言われ方が引っかかった。

「良かった……。やっぱり君はリリーのままだ。何もかも、離ればなれになった時と同じ。変わってしまったと思って怖かったんだよ。僕のリリーのままでいてくれて安心した……」

僕のリリー……、こういう物言いはそれほど珍しくはない。

けれど、胸の奥が妙にざわざわする。また少し彼のことが怖く思えてきた。

「そうか……。うん、それならいいんだ。大丈夫、分かってるよ。最後のあの手紙は、レオンハルトに無理矢理書かされたんだよね」

「え？」

リリーは顔を顰めた。ジークフリートは何を言っているのだろう。そこで納得する理由が分からない。無理矢理書かされたなど、どうしたらそんな結論に辿り着くのか……。

「ち、違うわ。あれは私の意思で……」

「可哀想なリリー、大丈夫、もう大丈夫だよ」

「ジーク、あのね、レオは」

「言わなくても分かってる。いいんだよ、僕だけは味方だから」

「……っ」

どうして話を聞いてくれないの。一方通行の会話にリリーは涙ぐむ。

しかし、ここで折れてしまえば今までと変わらない。離れている間に少しは変われたはずだ。伝えていけば気持ちが届くことも知った。全てレオンハルトが教えてくれたことだ。

「ジーク、お願い聞いて。私、レオを好きになってしまったの。彼の傍で生きていきたい。それだけが望みなの。だから私、ジークとは一緒にいられない。自分の気持ちに正直になろうって決めたの」

「……っは、リリー……、レオンハルトが何者か、分かって言っているの？　そうでなくとも、彼は一般階級の人間じゃないか」

ジークフリートは乾いた笑いを浮かべ、不思議そうに首を傾げる。

その言葉を聞き、リリーはとても哀しい気持ちになった。

先ほど連れ去られる時、彼は屋敷で働く人たちに対して酷い暴言を吐いた。彼らを愚民と罵倒《ばとう》したのだ。あれが本音なのだろうか。そんなふうには思いたくない。

「でも、ジークだって婚約したならわかっているはずだわ。好きになってしまったら、相手が誰かなんて関係ないのよ……」

ジークフリートは一般階級の女性と婚約したと聞いた。好きになるのに身分は関係ない。彼だって知っているはずだ。そもそも、そんなものにこだわって何の意味があるだろう。自分たちは既に何もかもを失ったのだ。

「婚約なんて…」

けれど、ジークフリートは途端に頭を抱えてしまう。

突然のことにリリーが戸惑っていると、彼は唇を震わせて「違う違う」と喚き始めた。

「ジーク？」

「違うんだ。あれは間違いだったんだ。取り消さないと……やられた。嵌《は》められた。レオンハルト・フェルザーに、あの男にまんまとしてやられた」

「ジーク、何を言って…」

「何てことだ。このままでは外堀からどんどん埋められて動けなくなる。それじゃ困るんだよ。だからリリー、分かるだろう？　僕たちは一緒に逃げないといけないんだ。大丈夫、僕が一生君の面倒を見るから」

「やっ！」

腕を摑まれ、リリーは拒絶して振りほどく。

ジークフリートが何を言っているのか分からない。どうしてそこまでレオンハルトを悪く言うのだろう。婚約者の女性を好きではないのだろうか。

「ねぇ、リリー、どうして、どうして僕を拒絶するの!?　だって君は僕のものだろう!!

あんなに良い子だったじゃないか！　僕の言うこと、何だって聞いたろう!?」

「それが間違いだったの！　だってレオは誘拐なんてしてない！　そもそも誘拐なんてなかったのよ!!」

「リリー、君は何を言ってるの!?　言っただろう！　七年前、君が戻ってきた朝に、僕は門前から立ち去る男を見たんだ。声だってかけたんだよ！　振り返ったアイツと目が合ったんだ!!　僕はヤツの顔を見ている！　それを大人たちに説明した！　何度も、何度も何度も!!　なのに捜査は突然打ち切られて！」

「もうやめて！　そんなにこだわるなら誘拐でも何でもいい。それでも私、相手がレオならついていくから!!」

「リリー、何言ってるの、何を言い出すんだ！　どうして聞き分けのないことばかり!!」

「いやっ!!」

再び腕を掴まれそうになり、リリーはまたも拒絶する。首を振って彼は犯人じゃないと連呼した。しかしその度にジークフリートの瞳が不安定に揺れていく。

「ねぇ、リリー。何で嫌がるの……。どうしてそんなに僕を拒絶するの？」

「……だって」

「僕のなのに……、僕の、だろう……？　だから僕は……」

ジークフリートはよく分からない言葉をブツブツと呟き、やがて黙り込んでしまった。とても怖い。自分の知っている兄とは別人のように思えて、リリーはぶるぶると震えた。

「──ああそうだった。僕のものなんだから、やっぱり望みどおりにしてもいいんだよ」

突然笑顔を浮かべ、その眼差しに恐怖を感じてリリーはベッドから降りようとする。

しかし、伸びた手に今度こそ腕を掴まれ、力任せに抱きしめられてしまった。

「ジーク…、何、……こわい、いや…っ」

状況も理解できぬまま、リリーはただひたすら怯える。

だが、嫌がって身を捩ると無理矢理伸し掛かられた。荒い息づかいを首筋に感じて背筋が凍る。リリーは小さな悲鳴を上げてじたばたと暴れた。

「やあっ!! いや、ジーク、何もしないで。お願い、お願い…っ」

叫んでいるうちに、レオンハルトの言葉が蘇る。

本当に彼の言う通りだと思った。〝おまじない〟の先に何があるのか、ジークフリートが何をしようとしていたのか。この状況で否定できる要素なんてどこにもない。背後から感じる熱が全てを物語っていた。

それが分かっていても恐ろしさで身が竦む。暴れても難なく押さえ込まれてしまう。どうすればこの力の差を超えられるのか、今のままでは考えつきもしない。

「いや、いや、いやーーッ、放して、触らないで。お願いだから……ッ!!」

「……ッ!?」

ところが、リリーが叫びを上げた次の瞬間だった。

ジークフリートの身体が突然ビクッと震え、それから全く動かなくなってしまったのだ。

どうしたんだろう。もしかして冷静になってくれたんだろうか。

そんな微かな期待を胸に、リリーは彼の拘束から逃れようと身体を捻る。

けれど、ジークフリートの力は少しも緩まない。伸し掛かられたまま、ほんの少し動くことさえままならなかった。何故だか、この沈黙がとても怖い。

「……ねぇ、リリー。これは……何の痕なの？」

彼は声を震わせ、リリーの耳元でぽつりと問いかけた。

「え？」

その指摘にリリーは眉をひそめる。

ジークフリートは首筋をじっと見つめているようだった。考えを巡らせ、やがてハッとする。首筋の痕と言われて思い当たるものは一つしかない。レオンハルトがつけたうっ血の痕。それは首筋だけではなく、胸や肩、内股、身体中の至る所につけられている。

リリーは彼との行為を思い出して顔を紅潮させ、手のひらでサッと顔を隠した。

その様子に目を見開き、ジークフリートはぶるぶると唇を震わせる。

「そうか、アイツが……ッ」

「痛…ッ！」

突然首筋に痛みが走り、リリーは声を上げる。うっ血の箇所に噛み付かれたのだ。

更には噛み痕にねっとりと舌が這い、熱い息が首筋にかかる。おぞましさに堪えられず、悲鳴を上げた。

「いやああっ！　助けて。レオ、レオ、助けてレオ!!」

「汚らわしい名を呼ぶな！　僕が全て消してやる!!」

大声で怒鳴られ、涙が溢れた。嫌だと言っているのに、彼はやめてくれない。それどころか、執拗に首筋へ唇を押し当てる。そのうちに身体を反転させられ、顎を摑まれた。

正面から向き合わされるとジークフリートの顔が接近する。うっすらと開いた唇から濡れた舌が見えて、リリーは青ざめながら力一杯顔を背けた。

「リリー、何で逃げるんだ！」

「た、助けて…っ、いや、……っ、レオ、レオ……」

恐怖しか感じられない行動に、リリーはひたすらレオンハルトに助けを求める。キスをされないよう身体を捻って、もう一度うつ伏せになると亀のように身を硬くした。

ところが、軽い身体は簡単に抱き上げられてしまう。後ろから抱えられ、密着した温もりが異様に息苦しく感じられた。

「相変わらず柔らかいね。リリーの……」

「——え？」

胸に感じた違和感。ジークフリートの手がリリーの胸を摑んでいた。

ぬめっとした舌が首筋を辿り、強烈な嫌悪感が彼を徹底的に拒絶する。

「っひ、……いやあーーッ!!」

リリーは手足をばたつかせて背中の熱から逃れようとした。

「…うっ」

そうして暴れていると、偶然にも肘が彼の腹を直撃したらしい。ジークフリートは小さく呻いて苦しげに腹を抱える。

同時に拘束力が弱くなり、リリーはその隙に腕から抜け出して彼を突き飛ばす。そのまま彼がベッドから転げ落ちるのを振り向きもせず、脱兎《だっと》の如《ごと》く部屋から飛び出した。

「リリー…ッ！」

全速力で駆けるうちに、追いかける声が遠ざかる。リリーは薄暗い屋敷の中を彷徨い、逃げ道を必死で探した。走り続けると廊下の先に階段が見え始める。階下へ続くものしか見当たらず、迷わず駆け下りた。このまま外へ逃げ出すこと以外は考えていない。

一階に辿り着いたところで息を弾ませながら立ち止まり、周囲を見渡す。かなり広い立派な屋敷だ。だとしても、構造はどこも似たようなものだろう。感覚を頼りに出口を探し、リリーはフロアを駆け抜ける。

しかし、リリーはその先で信じ難い光景を目の当たりにして愕然とした。

「……え？　なんで……」

恐らくここが出入り口の扉がある場所だ。それなのに家具や鉢植え、何だか分からない箱が積み上げられ、扉が塞がれてしまっているのだ。

「や、やだぁ…ッ！」

泣き声を漏らしながら、それらをどかそうと必死で手を伸ばす。

そんな時、ドアノックハンドルを叩く音が突然目の前で聞こえた。

訪問者だ。リリーはぼろぼろと涙を零す。絶好のタイミングで現れた救世主に、手を合わせたい気分だった。

「ジークフリート？　私です、ビアンカです」

若い女性の声だ。もしかして兄と婚約した人だろうか。

そう考えながら、縋る想いで声を上げようとした。

「助け…、んぅ、……ん……ッ！」

しかし、その寸前で後ろから口を押さえられ、言葉を封じられてしまう。

ジークフリートだ。もう追いつかれてしまった。

リリーは青ざめて抵抗しようとするが、強く抱きしめられて身動きがとれない。

「どうしたの、ビアンカ。こんな時間に珍しいね」

「ごめんなさい。……あなたに会いたくなってしまって」

「そう……。でもごめん。風邪気味で今日は会えないんだ。大したことはないんだけど、君にうつしたらいけないから」

何食わぬ顔でジークフリートは嘘をつく。耳を疑う思いで聞いていると、彼はリリーの耳元で「シー、良い子だから」と甘やかにたしなめ、軽々と身体を抱き上げてしまった。

このままではまた閉じ込められる。今度は先ほどよりも酷いことをされるだろう。

考えたくないけれど、今のジークフリートが何をしようとしているのか、リリーには分かってしまった。だから何が何でも抵抗し続けなければいけないのだ。

「……イッ!?」

口を押さえる手に歯をたて、痛みで彼が手を放した隙に今度は力一杯腕に噛み付く。

「痛ッ、何を……ッ!!」

突き飛ばされ、よろめいた体勢を整えると、リリーは廊下に向かって走り出した。

本当は扉の向こうにいる女性に助けを求めるのが一番だ。けれど、障害物を置かれてすぐには出られそうもない上、その間にジークフリートが何をするか分からない。

それに、こんなことを彼女が知ってしまうのはとても不幸だと思った。先ほど聞こえた彼女の声はとても優しかったのだ。そんなことを考えている場合ではないと分かっている。だけどリリーは、このことを彼女に知られてはいけないと思った。

「はあっ、はあっ、はぁっ」

こんなに走ったのは生まれて初めてだ。肩で息をしながら懸命に逃げ場を探した。

何があっても絶対に捕まってはいけない。だってこんなのは間違っている。受け入れられるわけがない。

――そうだ、窓から飛び降りよう。

それしか逃げる道はないとリリーは通路を駆け抜ける。しかし、いくら走っても通路にはほとんど窓が見当たらない。あっても小さく、身体が通る大きさのものがないのだ。

「……あ」

ふと思い立ち、リリーは足を止める。近くの扉を開き、部屋の中を覗き込んだ。すると、人が出入りできそうな窓を見つけて涙が溢れそうになる。

そうして部屋に足を踏み入れようとした、その時だった。

「リリーッ!!」

自分を呼ぶ声が聞こえ、ハッとする。

「…あ、…や、……ッ、どこ……ッ」

リリーは開けた部屋には入らず、再び廊下をうろうろし始めた。

「リリー…ッ！」

聞こえる。どこにいるの。

呼ばれる度にリリーは扉をいくつも開ける。彼女は声の主を探した。

間違えるわけがない。あれはレオンハルトの声だ。

「レオーー!!」

リリーは喉が痛くなるくらいの大声で彼を呼んだ。

その直後に屋敷のどこかから硝子《ガラス》が割れる音が響く。

「リリー、俺の声がする方に来るんだ！」

どうやら彼は窓を割ったらしい。そのおかげで先ほどよりも声が近くなり、リリーの心は一層励まされる。自分の耳を頼りに廊下を走り、おおよその場所まで辿り着くと、扉を一つひとつ開けていく。

「何をしているの、リリー、どこ!?」

「……ッ!?」

しかし、窓が割れる音と声を聞きつけてか、ジークフリートの声が迫ってくる。

身体は震えたが、それでも彼女は扉を開け続けた。

ここにもいない、ここにも……。大丈夫、落ち着いて。絶対会えるから。

「……や、たすけ、……おねがい、レオ、レオ……っ」

リリーは焦りを募らせ、泣きべそをかきながらレオンハルトを探した。

と、その時、二つ隣の扉が勢いよく開かれる。同時に長身の人影が中から飛び出し、リリーは声を上げた。

「レオッ!!」

人影はリリーに目を向け、走り寄って彼女を力強く抱きしめた。

ふわりと香る彼の匂い。夢じゃない、本物のレオンハルトだ。

リリーは涙でぐちゃぐちゃになりながら彼にしがみつく。

「っひ、…レオ、レオ、レオーッ!」

「もう大丈夫だから落ち着け。それより今はここを出るのが先だ、分かるな?」

感傷に浸る間もなく、彼は抱きしめながらリリーにそう言い聞かせる。

こんな状況でもレオンハルトはいつもと変わらない。けれど、今はそれが嬉しい。言う通りにすれば、ここから逃げられると思えたからだ。

リリーは彼が出てきた部屋に連れられ、すぐに抱き上げられる。見ればあちこちに硝子の破片が散乱しており、リリーが怪我をしないよう取った行動だと分かった。

パキパキと硝子を踏みながら、レオンハルトは損傷していない窓の前に立つ。鍵を開け、そのままリリーを窓枠に腰掛けさせた。彼女を先に降ろすつもりなのだろう。

「門の傍に馬を停めている。降りたら振り向かず、一気に走れ」

「う、うんっ」

大きく頷き、窓枠に足をかけて地面を見下ろした。それほど高くはない。これなら一人で降りることができそうだ。

――しかし次の瞬間、ドン、という重低音が突然部屋に響いた。

「――ッ!?」

驚いて振り返り、リリーは言葉を失う。

ジークフリートが自分たちに向けて銃を構えていた。

「リリーを置いて立ち去れ」

聞いたこともない冷たい声音だ。一体これは誰なんだろう。優しかった兄はどこへ消えてしまったのか。涙が溢れそうになり、窓に足をかけたまま身動きがとれない。

「……何をしている。そのまま飛び降りろ」

迷っているとレオンハルトに小声で促され、リリーは驚いて彼の背中を見つめた。

彼はリリーを庇うようにして兄と対峙している。どんな顔をしているかは分からなかった。けれど、発せられた声は冷静なままで、自分はその頼もしい背中に守られている。こんな時なのに想いが溢れ、後ろから抱きつきたい衝動に駆られてしまった。

「ところでジークフリート。……おまえ、腕は良いのか？」

「なんだと？」

「その銃口から放たれた弾を、リリーに当てない自信があるのかと聞いている」

淡々と問われた内容に、ジークフリートは僅かに怯んだ。

「あっ!?」

その一瞬を見逃さず、レオンハルトはリリーを押し、彼女の身体は地面に落とされたのだった。

小さな悲鳴と共にリリーの姿は一瞬で視界から消えた。

とは言ってもここは一階だ。怪我をするにしても、かすり傷程度で済むだろう。多少乱暴でも、留まっているよりずっといいと考えてのことだった。

部屋には二人だけになった。

怒りに震えるジークフリートを前に、レオンハルトは不敵な笑みを浮かべた。

しかし、銃口を向けられた状況で一体何ができるのか。その挑戦的な態度でジークフリートは一層苛立ちを募らせているようだった。

そんな彼を前に、レオンハルトは平然とした様子で話しかけた。

「ジークフリート。おまえが俺を誘拐犯にしたがる理由が、ようやく分かった気がする」

「……ッ、何を馬鹿なことを」

突然のことに、彼は少し動揺しているようだった。

だが、レオンハルトはそれに構わず、ある問いかけをする。どんな反応をするのか見極めたいことがあったからだ。

「おまえ、本当は見たんだろう？」

「な、なに…、何を、何をさっきから言ってるんだッ!?」

途端に彼は不自然なまでの大声を上げる。目を泳がせながら後ずさり、明らかに狼狽しているのが見て取れた。

それを見たレオンハルトはある確信を持ち、ニヤリと唇を歪ませる。

「何って、おまえ。それは勿論」

「うるさい！　黙れ、撃たれたいのか!?」

「リリーが俺の……」

「やめろ――ッ!!」

ドン、と銃声が響き、レオンハルトからほど近い壁に弾がめり込んだ。

ジークフリートの顔は青ざめ、その手元はぶるぶると震えている。かなりの動揺が窺えた。あと少し弾道がずれていれば被弾していたかもしれない。

レオンハルトは銃口から上がる硝煙《しょうえん》をじっと見つめ、無言のまま歩き出す。

「な、…なん、なんだよ……ッ!!」

どう見ても有利なのは彼の方なのに、ジークフリートはどんどん後ずさる。

遂には壁にぶつかり、逃げ場がなくなってしまい、彼は扉に向かって駆け出した。

「ほ、本当に撃たれてもいいっていうのか!?」

その言葉にレオンハルトはうっすらと笑みを浮かべる。

「撃たれてもいいのかだと？　……笑わせるな。それは人を殺せる道具だ。本当に殺意を持っているなら、一々確認をするな」

「なっ!?」

目を見開いたジークフリートの様子に、レオンハルトは喉の奥で嗤いを噛み殺す。この挑発に乗れない理由など、手に取るように分かっていた。

「なぁ、ジークフリート。おまえこそ一体どういうつもりだ？　先ほどから撃っても掠りもしない。威嚇《いかく》で人が殺せると思うのか？　……あぁ、それとも自分の手を汚したくないからか？　ジークフリート、おまえが銃口を向ける目的は、相手を怯えさせて自分に服従させることか!?」

「――――ッ!!」

強い物言いにジークフリートはビクッと震える。

図星だったのか、その顔は羞恥に染まり、耳まで紅潮していた。

「その顔を見れば答えなど不要か……。あぁ、分かっている。おまえは欲求を満たす為に自分を正当化する人間だ。正しいのは自分、間違うわけがない。今回もその理屈でリリーを攫ったただけなんだろう。だが、その言葉を免罪符にして、どれだけリリーを思い通りにしてきた？　彼女を怯えさせ、何も分からないのをいいことに言うことを聞かせるのは、そんなに楽しいものなのか？」

「……ッ」

驚いた表情を浮かべた彼を、レオンハルトは顔を歪ませて嗤う。

泣きながら告白したリリーの姿が頭にこびりついて離れない。爆発しそうな感情が、胸の中で広がり始めていた。

しかし、そんな感情をさらに煽るようなことを、ジークフリートは主張し始めたのだ。

「だって、だってそんなの…、リリーが悪いからに決まってるじゃないか…っ」

「……へぇ、そうなのか？」

「そ、そうだよ。だって僕はいつだってリリーの傍にいてあげた。あの子の手を煩わせないよう、身の回りのことは全て他の誰かにやらせてきたんだ！　こんなに愛してあげて、ずっと良い子だったのに、どうして誘拐犯がくれたものなんて大事にするんだよ!?　僕はアレを手放してって何度も言ったのに……ッ!!　だから〝お仕置き〟をしなくちゃいけなくなったんだ。僕にあんなことをさせたのはむしろリリーの方――」

こんな聞くにたえない話に最後まで耳を傾けていられるわけがない。レオンハルトが前に踏み出すと、その瞬間にジークフリートの身体は数メートル先の廊下に転がっていた。

彼は最初何が起こったのか理解できなかったようだ。ポカンと口を開け、やがて訪れたのだろう頬の激痛に顔を顰めている。

「……え、……な、……何……？」

レオンハルトは無言で彼に伸し掛かる。

恐怖に歪んだ顔を見ながら、思い切り拳を振り下ろした。

「や、やめ——ッ!!　…っ、——ッ!?」

抵抗する余裕などレオンハルトは与えなかった。

声も上げさせないほど圧倒的な力の差を見せつけ、何度も殴りつける。端から見て、それは一方的な暴力でしかなかった。

ところが、レオンハルトの方はあまり息が上がっていない。本気で殴っていないのだ。そのうちに、ただ殴られるばかりのジークフリートを見ながら小さく息を漏らして、突然動きを止めた。

「おまえは今、どうして殴られたと思う？」

「はぁ、はぁ、…っ、……？」

「分からないなら教えてやる。……俺は今、とても虫の居所が悪い。おまえがいつまでも嘘をつくのを止めないからだ。自己を正当化して人を貶めるからだ。おまえが目の前で息をしているのが腹立たしいからだ。なぁ、分かるだろう？　俺はおまえの理屈を実践しただけだ。正しいのは俺、何も間違っていない。だから〝お仕置き〟をしなければいけなくなった。俺にこんなことをさせるおまえが一番悪い」

「──ひッ!!」

ジークフリートは小さく叫び、身を捩って逃げ出す。

自身の理屈にもかかわらず、レオンハルトの言っている意味が彼には理解できないのだろう。このままでは殺されると恐怖を募らせ、ヨロヨロしながら必死でレオンハルトから離れようとしている。

「ジークフリート、〝おまじない〟は愉しかったか?」

「……ッ!?」

「妹の手足を舐め、股間の匂いを嗅ぎながら自身を慰めるのは気持ちが良かったか?」

「……そ、そ……、ち、違…ッ」

「近い将来、それ以上のことをしようとしていたのに、途中で奪われて腹が立って仕方ないんだろう? 思い通りにできるはずだったのに計画が狂ってしまったよな? そうだろう、ジークフリート!」

ゆったりと後を追うレオンハルトの瞳は氷のように冷たい。

ジークフリートは何度も殴られた。ふらつく度に襟を摑まれ、無理矢理振り向かされて殴られる。再び起き上がってよろめけば、同じようにまた殴られる。

まるで質の悪い狩りのようだ。レオンハルトが敢えて力を抜いていたのは、中途半端に逃がして恐怖を長く味わわせる為だった。

殴られる度にジークフリートは悲鳴を上げ、それでも無我夢中で逃げようとする。その背中を追いかけ、再びレオンハルトは襟首を摑んで拳を振り上げようとした。

しかしその時、屋敷の外から女の悲痛な声が耳を打った。

「――ジークフリート…、ジークフリート……ッ！　さ、先ほどから、あなたの苦しげな声が聞こえてくるのですが……」

レオンハルトはハッとして動きを止める。

周囲に目をやると、いつの間にか扉の方にまで移動していたことに気がつく。ジークフリートは闇雲に逃げていたわけではなく、外に逃れようとしていたのだ。

そんな簡単なことに気づかないほど冷静さを失っていたと知り、彼は小さく舌打ちした。

「何か…ありましたか？　ほ、本当に……風邪ですか？　もしそうなら……、いえ、そうでなくとも、あなたを一人にさせられません。どうか、私を中に入れてください……っ」

外から聞こえる声はビアンカのものだ。恐らく、ずっと扉の向こうから中の様子を窺っていたのだろう。レオンハルトは拳をグッと握りしめ、息を漏らした。

「……ここまでか。ジークフリート、命拾いしたようだな」

元より殺す気はなかったが、彼女の声がなければどうなっていたか分からない。彼は唾棄するように呟き、ジークフリートの襟首を摑み直し、放り投げてその場を離れる。そのまま扉を塞ぐ障害物を取り除くつもりでいた。

ところが、それは一瞬の油断と言うべきものだった。

彼は背後で『カチッ』と引き金をひく音を聞く。振り向く暇もなかった。

――ドンッ！

「……――ッ!?」

肩に走る衝撃に眉をひそめ、レオンハルトの身体は僅かによろめく。

振り向けば撃った方のジークフリートが目を丸くして、被弾させてしまったことに青ざめていた。その上、目が合うと慌てて銃を放り投げ、柱にしがみついて弁解を始めたのだ。

「ち、違う……ッ、これは、僕じゃ……、銃が、銃が勝手に、……こ、壊れ……ッ」

この期に及んで何も変わらない姿に、レオンハルトは言葉も出ない。

レオンハルトは投げられた銃を拾いあげ、中の弾を抜き、遠くへ放り投げた。そして、扉の前に置かれた障害物を渾身の力で蹴り上げ、音を立てて崩れ落ちる様を無言で見つめる。背後でジークフリートの悲鳴が聞こえたが、もうどうでもよかった。

鍵を開け、扉を開くとビアンカが立っている。彼女は震えていた。

「い……今、……銃声、が……」

その言葉にレオンハルトは一瞬だけ眉を寄せたが、そのまま彼女に小さく頭を下げた。

「ここまで案内いただき、感謝します。ありがとう」

「……っ」

ビアンカは俯き、小さく頷く。

このタイミングで彼女が屋敷を訪問したのは偶然ではない。レオンハルトは彼女の父と顔なじみで、ジークフリートを彼ら父娘に紹介した人間だ。彼女は婚約者の住まいを聞かれ、いつになく不穏な様子に懸念を抱き、ここまで彼を案内してきたのだった。

二人はそれ以上言葉を交わすことなく、レオンハルトはビアンカの横を通り過ぎる。肩の傷が熱を持ち始めていた。額の汗を拭い、痛みを振り切って走り出す。

リリーが待つ門前に、一刻も早く向かいたかった。

「レオ!!」

駆けてくるレオンハルトを見つけ、リリーは声を上げた。

門前まで一気に走り、言われた通り待っていたが、なかなか追いついてこないので次第に不安になり始めたところだった。

「レオ、どこも何ともない？　大丈夫？　ねぇ、レオ？」

リリーは彼に抱きつき、その顔をいつになくじっと見つめる。

息が上がっているのに、青ざめて見えるのを気にしてのことだった。

「レオ……？」

「……別に何もない。リリー、馬に乗れ」

彼はふいと目を逸らすと馬上に跨がるよう促し、戸惑うリリーを強引に押し上げた。

それに続いたレオンハルトは、彼女を後ろから抱きかかえて馬上に跨がると、手綱を手に取り、いきなり走らせる。この一連の行動に、リリーは微かな疑念を抱いた。

「ねぇ、レオ、本当は何か……」

「舌を噛むぞ。前だけを見ていろ」

問いかけは呆気なく遮られる。そのうちに馬の駆ける速度が上がり、振り返ることもできなくなった。けれど、リリーは怖くて堪らない。背後のレオンハルトの息は整う気配がなく、苦しげなままなのだ。

自分がいなくなった後、何があったんだろう。やけに追いつくのが遅かった。

まさか撃たれたのではと、嫌な想像が頭を過った。

「レオ、……レオ、いや、いや…っ」

「何もないと言ったろう。こんなことで泣くな」

泣き出すリリーの耳元で言い聞かせるように囁き、それきり彼は何も言わなかった。

ひたすら馬を走らせ、いくつもの通りを抜ける。

ぽつりぽつりと街灯が灯る寂しい通りに出た頃には、すっかり日が暮れていた。

❀　❀　❀　❀

――ひっそりと建つ一軒家。その傍に立つ大きな木に、レオンハルトは馬を繋ぐ。

リリーはきょろきょろと周囲を見渡し、何となく変な感覚を覚えながら彼を見上げた。

「ここはどこ？」

「……」

彼は何故か質問に答えてくれない。

どうして屋敷に戻らないのか分からなかった。振り返ったレオンハルトはいつも以上に表情がなく、それが更に不安をかき立てる。

「レオ……本当に何も……」

「何もない」

その問いかけには一言だけ答え、彼はリリーの腕を取る。

「やっ!!」

しかし、リリーは反射的に彼の腕を振りほどく。彼が何を考えているのか分からないからだ。違う場所に連れて来られた理由くらい、どうして教えてくれないのか。きっと悪い何かを隠しているに違いないと思った。

「何のつもりだ」

「だって、……ッ!!」

不愉快そうに片眉を歪める様子に、彼女は後ずさる。

今ついていけば捨てられるかもしれない。無理矢理とはいえ、言いつけを破って屋敷から出てしまったのだ。彼は怒っている。ここに連れて来たのはその為に違いない。今度こそ赦してくれないのだと、リリーはそんなふうに考えていた。

傍にいたい。捨てられたくない。捕まったら終わってしまう。

酷く怯えた姿にレオンハルトは苛立ち、後ずさる彼女の腕を強引に掴む。

「やあっ、捨てないでッ!!」

「……、何を言っている。いい加減にしろ」

抑揚のない声でぴしゃりと言われてビクッと震えたが、それでも嫌がり、リリーは家の前まで引きずられた。

彼は懐から鍵の束を取り出すと、その中の一つを扉に差し込み、慣れた手つきで鍵を開ける。そして、振り返ると同時に、リリーの首に懐中時計をかけた。

「門の傍に落ちていた」

「……ッ」

「ここは俺が昔住んでいた家だ。今、向こうに戻って待ち伏せされたら、また面倒なことになる。考え過ぎかもしれないが念の為だ」

「……あ」

そう言われ、ようやくリリーは安堵する。けれど同時に疑問も感じた。昔住んでいた家を、どうして彼は今でも所有し続けているのだろう。

「捨てないから、大人しく中に入れ」

レオンハルトは小さく笑い、扉の向こうにリリーを促す。

先ほどより柔らかい表情に胸を撫で下ろし、ぽろっと涙が零れた。

そして、そんな彼を見上げているうちに不思議な感覚がわき上がり、リリーは立ち止まる。どういうわけか、夢で見た映像が突然頭の中で弾けたのだ。


──要らないから捨てたんだ。余計なことをしないでくれ。


声が、顔が、現実と区別がつかないほど鮮明にちらつく。

目の前のレオンハルトに、少し幼さが残る彼の姿がピッタリと重なっていた。

これは何だろう。頭の中で何かがぐるぐる回っている。よく分からないけれど、『ちょうど、今くらいの時間だった』と思う自分がいた。

リリーは呆然としながら彼の背中を追いかける。オイルランプに灯りを点す横顔さえ夢と重なる気がして、食い入るように彼を見つめた。

「……帰り道が……、分からないの……」

唐突に、言葉が口をついて出る。

何を言っているのか自分でもよく分からず、首を傾げた。

けれど、レオンハルトはその言葉に顔を上げ、目を見開いている。そして、いきなり手を取られたリリーはそのまま二階へ上がり、いくつか並んだ部屋の一つに連れて行かれた。

「……えっ」

最初、意味が分からず立ち尽くすだけだったが、すぐにびっくりして声を上げる。

七年前に見た『花の模様の壁紙』。覚えている光景がそのまま目の前にあったからだ。

何故かそれを懐かしく思い、同時に頭の中がまたぐるぐると回り出す。ここにいるレオンハルトと、夢で見た彼が再び重なっていく。

ぐるぐるぐるぐる、大きな音を立てて時計の針が巻き戻り始めていた。

「あっ、……」

しばらくしてリリーは声を上げ、彼を見上げる。

――レオが捨てたのは、懐中時計だ。

そう思った瞬間、頭の中の靄が一気に晴れる。見えなかったものがどんどん鮮明になっていく。誘拐犯じゃない。彼はそんな人ではなかった。首にかかる時計を手に取り、リリーは唇を震わせる。頭の中に夕暮れ前の、あの日の光景が蘇っていた。

そして、ハインミュラーの門前を通りかかったレオンハルトの姿を、彼女はようやく見つけることができたのだ――。


――七年前。

「……教会の天使さま？」

リリーはぽつりと呟き、門の柵に手をかける。

それは黒の上下を着た青年が、門前を通り過ぎただけの光景だった。

しかし、彼女はその一瞬に目を奪われ、柵の隙間から外に出ていく。リリーほどの子供なら通り抜けられる隙間だ。普段なら絶対しないことだったが、今は何の躊躇もなかった。

青年は教会に置かれた天使像によく似ていた。ちょっと凛々しい横顔のその像がリリーは大好きで、教会の前を通る度にうっとりしてしまう。できればもっと近くで彼を眺めてみたかったのだ。

追いかけると、通りの向こうで一人静かに佇む青年の姿を見つけた。

リリーは更に近づこうとしたが、その横顔を見た瞬間、思わず足を止める。

彼は何かを耳に当て、空を見上げていた。あまりに哀しい横顔に意味も分からず胸が痛む。涙を流していなくとも、彼が泣いているようにリリーには思えたのだ。

ところが、その直後に信じられないことが起こる。

彼は手に持っていたそれを無造作に投げ捨て、足早に立ち去ってしまったのだ。

リリーは驚き、捨てられた場所に駆け寄る。美しい装飾の懐中時計だ。簡単に捨ててしまえる物には思えなかった。

「あの……っ」

声をかけようとしたが、既に背中が遠い。

「──リリー！」

「……っ」

不意に、通りの向こうからジークフリートの声がした。

つい先ほどまで、兄とかくれんぼをしていたことを思い出す。城から突然消えた自分を探しているのだろう。そう思ったが、リリーは振り返ることなく青年を追いかけた。

「どこに行くの、どうして、リリー！　リリー!!」

声に追いかけられ、何故かリリーは駆ける足を速める。それはすぐに絶叫に変わったが、止まらず青年を追いかけると、いつしか彼女を呼ぶ声は聞こえなくなった。

リリーは前を行く青年を、夢中で追いかけ続ける。

凛とした背中、長い足、柔らかそうな淡い茶色の髪。襟足から覗く白い肌が黒の上下に良く映えている。何て綺麗な人だろう。もしかしたら、本当に空から舞い降りてきた天使なのかもしれない。リリーは青年の後を追いかける間、そんなことばかりを考えていた。

それから一体どれだけ彼を追いかけたのか、いつの間にか日が暮れていた。

寂しい通りを抜けた青年は、やがてぽつんと建つ一軒家に入ろうとする。そこが彼の家だと分かって、リリーは慌てて声をかけた。

「あの…落とし物が……」

突然声をかけられ、青年は驚いた様子で振り返った。

綺麗に整った顔に正面から見つめられて、リリーは顔を赤らめる。

けれど、差し出した懐中時計に眉を寄せた青年は、想像もしない言葉を口にした。

「要らないから捨てたんだ。余計なことをしないでくれ」

ビクッと震え、リリーは固まる。そんなふうに怒られたのは初めてだった。

しかし、凍りつくその様子に構うことなく、青年は尚も言葉を続ける。

「誰だか知らないけど、欲しいなら好きにしていいから。他に用がないなら帰ってくれ」

とても冷たい物言いに涙が溢れた。

けれど、帰れと言われて左右を見渡し、リリーは途方に暮れる。ぽつんと建つこの家の他に建物が見当たらない。夢中で追いかけて、帰ることを考えていなかった。どうすればいいか分からず、震えながら青年を見上げる。

「帰り道が……分からないの……っ」

青年は呆れた様子で顔を顰めた。

寒空の下、放り出されるかもしれないと不安が募る。ところが、意外にも彼は突き放すことはせず、そのままリリーを迎え入れてくれた。

「──おまえ、誰?」

泣き止まないリリーにホットチョコレートを飲ませ、少し落ち着いたところで青年に問いかけられる。

相手の名を知りたければ自分から名乗る。この国の礼儀は子供でも知っていることだ。

じっと見上げると、彼はむっつりとした表情で答えた。

「……レオンハルト・フェルザー」

「レオって呼んでいい？」

「……好きにしろ」

不貞腐《ふてくさ》れた様子が何だか可愛い。あまり変わらないレオンハルトの表情に少しだけ変化を見つけて、リリーは胸の奥がくすぐったくなった。

「私はリリー・フォン・ハインミュラー」

ようやく答えた名に、彼は目を見開く。

「ハインミュラーって伯爵家の？」

こくんと頷くと、彼はとても嫌そうな顔をした。

何かいけなかっただろうか。分からず、リリーは首を傾げる。

「……冗談だろう？　おまえ、俺を誘拐犯にしたいのか？」

「えっ!?」

「誰かに言って出てきた……わけないよな」

レオンハルトはソファに凭れかかり、こめかみを押さえてブツブツと呟いている。

リリーは首を傾げ、考え込む彼の顔をじっと見つめていた。

勝手についてきたのは自分の方だ。誘拐なんてしていないことは、リリーが誰よりも知っている。どうしてそんな心配をしているのかよく分からなかった。

「まぁいい。今日は遅いし泊めてやってもいい。その代わり、もう寝ろ。明日、朝早くに城の近くまで送ってやるから、それでいいな？」

そう言って彼は二階の自室にリリーを連れて行き、そこで眠るよう促した。

しかし、リリーは立ったまま動こうとせず、黙ってベッドを見ているだけだ。そんな様子に苛ついたのか、レオンハルトは大きな溜息をついた。

「はぁ…、これだから貴族は……。庶民が使うベッドは汚いとでも言いたいのか？　今日くらいは我慢しろよ。使えるベッドはこれだけなんだ」

不機嫌な声にびっくりしてリリーは振り返る。

このベッドが嫌なわけではない。彼は何か勘違いをしていると思った。

リリーは首を横に振り、誤解されたくなくて遠慮がちに口を開く。

「そうではなくて。……一緒に寝て欲しいの」

「……は？」

「一緒に……寝て欲しいの」

「おまえと一緒に？　……冗談だろう。俺は一人じゃないと眠れない」

レオンハルトは顔を背け、にべもなく断る。

けれど、いつもはジークフリートに添い寝してもらっているので、一人寝は慣れていない。一人では怖くて眠れないと訴え、ポロポロと涙を零した。

その切実な訴えが届いたのか、やがてレオンハルトは諦めた様子で息を漏らす。

「寝付くまでだからな……」

ぶっきらぼうに答える彼の優しさに、リリーはあっという間に笑顔になった。

――ところが、その翌朝、リリーは熱を出してうなされていた。

寒空の下、コートも羽織らず、彼を追いかけ続けたのがまずかったのだろう。

「ごめん…なさい」

どこかに行っていたのか、部屋に戻ってきた彼にリリーは謝罪する。ここまで迷惑をかけるつもりはなかった。

「そんなことより、ポトフを作ってきた。少し胃に何かを入れた方がいい」

そう言ってレオンハルトは持ってきた器を手に椅子に座る。部屋にいなかったのはこれを作っていた為と知り、リリーは涙が溢れそうになった。

ところが、すぐにハッとしてあることを思い出した彼女は、慌てて首を横に振る。

「食欲がないのか？」

「ううん。ジークが一緒じゃないと食べちゃだめなの。お腹が空いても、我慢しなさいって……」

「ジーク？」

「お兄さまの名前」

「……昨晩、おまえはホットチョコレートを飲んでいたが」

「飲み物はいいの」

「……」

レオンハルトは黙り込み、僅かに眉を寄せる。

気を悪くしたのかと心配になったが、すぐに彼は思わぬことを口にした。

「おまえ、馬鹿だな。俺の前ならいくらでも食べていいって決まりを知らないのか？」

「えっ!?」

びっくりしてリリーは目を丸くする。

知らないと首を振ると、彼は「無知は恐ろしいな」と肩を竦めた。そして、小さく砕いた芋をスプーンに乗せ、リリーの口に運ぶ。

「……怒られない？」

「そういう決まりなんだから、誰も怒らない」

断言されてしまうと、そんな気になってくるから不思議だ。

リリーは頷き、言われるままに目の前の芋を頬張る。もぐもぐと咀嚼《そしゃく》し、ごくんと飲み込むと、もう一度彼を見上げた。

「良い子だ。もう少し食べるか？」

レオンハルトは唇を僅かに綻ばせている。

褒められたのが嬉しくてリリーは大きく頷いた。そして、ホッとしたせいか、ぐぅ～と空腹の音が鳴る。彼の前ではいくらでも食べていい。その言葉が心のつかえを綺麗に取り除いていた。気がつけば器の中のほとんどを平らげ、お腹が一杯になったところで、いつの間にか眠りに落ちていた。

次に目が覚めたのは、昼をとうに過ぎた頃だ。

横を向くとレオンハルトは窓の外を見上げている。その横顔は何故かとても哀しげだった。懐中時計を耳に当て、空を見上げていた時と同様、リリーの胸はちくんと痛む。

「……起きていたのか」

気配に気づいて、彼はリリーに顔を向ける。

「何を見ていたの？」

気になって問いかけると、彼は微かに笑って、また空を見上げた。

「特に何かを見ているわけじゃない。ただ、感情を持て余している時に空を見ると、どういうわけか落ち着く。小さい頃、父にそう教えられたからかもしれない」

「お父さまに？」

「ああ、父は母から教えてもらったらしい。馬鹿らしいと思っても、不思議と俺にはこの方法がよく効くんだ」

「へえ…。あ、そういえば、レオのお父さまとお母さまはどこ？」

考えてみると、昨日から彼しか見かけない。漠然とした疑問だった。

「母は俺が幼い頃に死んだ。父は……」

レオンハルトは視線を落とし、そこで言葉を止める。

「……昨日が父の葬儀だった」

そう呟き、もう誰もいなくなったと彼は目を閉じた。

リリーはぎゅっと胸を押さえる。鼻の奥がツンとして涙がこみ上げる。

「何でおまえが泣くんだ」

「だって……。じ、じゃあ、これは？」

リリーは昨日受け取ってもらえなかった懐中時計を手に取る。

何故か彼はこれを捨ててしまった。きっとこれにも意味があるに違いないと思ったのだ。

「それは……」

「それは…？」

「……母の形見の品、らしい。母もまた自分の祖父から貰ったとか…」

「…ッ！　そんな大切な物をどうして」

「要らないから捨てたと言っただろう」

「うそ！　レオ、泣きそうだったもの。要らなくないよ、捨てたら絶対後悔するわ。だからこれはレオが持ってないと駄目なんだから!!」

拒絶するレオンハルトの手に強引に懐中時計を握らせ、リリーは頬を膨らませる。

事情なんて分からない。けれど、そんな大切なものを簡単に捨てていいわけがない。それだけはリリーにもはっきり分かった。

彼は釈然としない表情で懐中時計を見ている。けれど、それを胸に仕舞ったのを見てリリーはホッと息をつき、またいつの間にか眠ってしまった。

そして夜中、夢心地のまま、ふと目が覚める。

温もりを感じ、隣に顔を向けるとレオンハルトが眠っていた。

リリーは小さく笑う。昨夜も結局、彼は朝まで一緒に眠ってくれた。素っ気ない言葉とは裏腹に彼はとても優しいのだ。それに、こうして接するうちに彼が教会の天使像に少しも似ていないことがよく分かった。

一体何を見ていたんだろう。彼の方がずっと温かくて素敵なのに。

眠っているのをいいことに、その唇にリリーはこっそり初めてのキスをした。

「ん、…」

すると、ぴくんと瞼が動き、レオンハルトの目がうっすらと開かれる。

「……何?」

微睡んだ目で、重なった唇の隙間から彼は問いかける。

リリーは慌てて口を離し、顔を真っ赤にしながら彼の懐に顔を埋めた。

レオンハルトは夢と現《うつつ》を行ったり来たりしているようで、「そう…」と眠たげな声で呟いている。勝手にキスをして、彼は怒るだろうか。

「おまえ…、俺が好きなの?」

頭の上から優しい声が響く。どうやら怒ってはいないみたいだと胸を撫で下ろした。

好き、彼を好きだからキスをしたんだろうか。そうかもしれない。胸がきゅっとする感じは、ジークを好きなのとは全然違うけれど……。

「まぁ、いい…か……。おまえの体温、悪くないし……、ガキだけど……。でも……こうしてるの、何で平気……。俺、……人が苦手……なのに。……、……おまえが普通の家の子で、もっと大人なら……良かっ……——」

答えずにいると、レオンハルトはそんな囁きを漏らしながら眠りに落ちていた。

リリーは彼にぎゅっと抱きつく。胸がドキドキしているのは熱のせいだけじゃない。

ずっとこのままならいいのに。このまま彼を独り占めできたらいいのに。

——神様、どうかレオを私にください。

そんなことを強く思い、もう一度彼にキスをする。今度は目を覚まさなかった。そして、規則正しい呼吸音と温もりにうっとりしながら、リリーもまた夢の中へと戻っていった。

それからどれだけ眠ったかは分からない。

リリーは頬に当たる冷たい風で意識が戻る。

目を開けると、遠い空の向こうで、うっすらと夜が明けかけていた。

「……ここ、は……」

見知った光景にリリーは首を傾げる。

ハインミュラーの門前通りから見た景色と良く似ていた。

白い息が視界に入り、顔を上げるとすぐ傍にレオンハルトの横顔を見つける。彼はリリーの視線に気づき、僅かに目を細めた。

「熱は昨日より少し落ち着いた。俺のところにいるより、城に戻った方が早く治ると思って連れてきたんだ。ここにいればすぐに誰かが気づくだろうから、ちゃんとした医者に診てもらった方がいい」

そう言うと、彼は柵の隙間から城の奥に目を向けた。

しばらくして、カタンと小さな物音が城の方から聞こえ、人の気配が近づいてくるのと同時にレオンハルトは立ち上がる。そのまま背を向け、彼は立ち去ろうとしていた。

「行かないで。レオ、お願い…」

リリーは目に涙に溜めて、か細い声で訴える。

背中がぴくんと震え、彼は無言のまま振り返った。

「レオ、お願い。ずっと一緒にいたい……」

彼を見上げ、身体を包む毛布の隙間から手を伸ばした。

すると、レオンハルトは懐から懐中時計を取り出し、それをリリーの手に握らせる。

首を傾げると彼はしゃがみ込み、彼女の手を両手で包み込んだ。

「これはおまえに預ける。いつかまた、返しに戻ってくればいい」

耳元でそっと囁かれ、小さく頷くと彼はふわりと微笑んだ。

遠ざかる背中。本当は追いかけてついて行きたい。だけど大丈夫、必ず会いに行くから。

これを持っていけば、彼は迎え入れてくれる。そうしたら、ずっと一緒だ。

リリーはそう胸に誓い、目を閉じる。

すぐに再会できることを、何一つ疑うことなく――。

「ごめんなさい、ごめんなさい……っ」

全てを思い出し、リリーは彼に抱きついてぽろぽろと涙を零した。

とても幸せな思い出だったはずが、どうしてこうなってしまったのか。自分から勝手についていったにもかかわらず、一時でも彼を誘拐犯と疑ってしまった。

謝って赦される話ではない。下手をすれば捕まえられて罰せられていたかもしれない。

そんなことになれば取り返しのつかない後悔を生んでいた。

「……なんだ、やはり思い出したのか」

懸命に赦しを乞う姿を見て、リリーに何が起こったのか分かったのだろう。レオンハルトはそう言って彼女をベッドに座らせ、自分も腰を下ろした。

「ど、して、言ってくれなかったの……？　そうすれば……」

「何かが変わったか？」

「え？」

「ジークフリートの言葉に従ってきたおまえが、俺の言葉を信じたとは思えない」

「……っ」

見透かすような目で見つめられ、ぐっと詰まる。

あまりに正論で言葉も出なかった。本当にそうだ。いつだってリリーはジークフリートの言いなりだった。七年前、レオンハルトのもとから戻された後も……。

あの後の記憶はぼんやりしている。微かに覚えているのは高熱で寝込む自分と、枕元で囁くジークフリートの声だ。

うなされる中、それは執拗なまでに繰り返されていた。

若い男が無理矢理リリーを連れ去った。犯人はとても凶悪な男だったと——。

そして、それを否定する心は徐々に惑わされ、リリーはいつしか囁きに堕ちてしまった。

疑問に感じながらも、兄の言葉に従う自分が残ったのだから……。

「……少し、意地悪が過ぎたか。誤解をしているようだが、おまえがあの時のことを覚えていようが忘れていようが、俺はどちらでも良いと思っていた」

激しく落ち込むリリーを見て、レオンハルトは苦笑する。

どうして責めないのだろう。不思議に思い、彼をじっと見つめた。

「そもそも伯爵家の令嬢自ら会いに来るなど本気で考えるわけがない。場所も分からない俺の家にどうやっておまえが辿り着ける？　それ以上に、どこの誰とも知れない男を探すことを、おまえの家の者は赦さないだろう。現実はそれほど簡単に動くものじゃない」

「そ、んな……」

リリーは俯き、唇を噛み締めた。

あれが最初で最後の出会いだったと、彼はそう思っていたのだろうか。

確かにあれは奇跡みたいな偶然が重なった出来事だったかもしれない。どうやって会いに来るつもりだと聞かれても、リリーには方法が思いつかなかった。彼が言う通り、ジークフリートがそれを赦さないだろう。

けれど、それでは何も期待していないと言われているようであまりに哀しい。

自分が忘れていたことを棚に上げているると知りながら、リリーは彼に反論をした。

「そ、そうかもしれないけど……ッ、だけどレオは私に懐中時計を預けたわ。戻っておいでって言ってくれたもの！　私、自分が時計を絶対に手放さなかった理由が、今ならよく分かる。どうしてか、とても大切で誰にも渡したくなかった。それって、どこかでレオを覚えている私が心の底で叫んでいたからだと思う…っ！」

懐中時計を握りしめ、リリーは懸命に訴える。

ジークフリートはリリーを人形のようだと言った。言い換えればそれは都合がいい、何でも思い通りになる存在ということだ。その自分が唯一これだけは反抗し続けた。〃お仕置き〃や〃おまじない〃に堪え続けたのは、レオンハルトに対する強い気持ちが残っていたからだ。

「……懐中時計か」

リリーが握りしめる時計に視線を落とし、彼はぽつりと呟く。

彼女の剣幕に押されたのか、揺らめいた瞳には微かな迷いが感じられた。

「俺はただ……、おまえの手に何かを残したかった。そんなふうに大切にされるとは思っていなかったんだ。だが……、どうしてそんなものを渡してしまったのか……」

「え？」

「……今思えば、押し付けようとしたのかもしれないな……」

「私に？」

「ああ…、あの頃の俺に、それはあまりにも重すぎたんだ」

その言葉にリリーは考え込む。一体どういうことだろう。

七年前のレオンハルトはこれを母の形見と言っていた。あの時はまだ父親の妄想を信じていたからだろう。にもかかわらず、彼はこれを捨てようとしたのだ。

「俺は憎しみに生きた父の人生に巻き込まれたことが息苦しくて、ずっと逃げ出したいと思っていたんだ……」

そう言って瞳を揺らめかせ、レオンハルトは窓の外を見上げる。

ああ…今、レオは自分の中の感情を持て余しているんだ。

やっとその意味が分かったけれど、彼の横顔はとても苦しそうだった。一体どんな思いがそうさせるのかと切なさが募ったが、無理に聞くのは何故だか躊躇われる。

レオンハルトは静かに息を漏らす。リリーは黙ってそれを見つめていた。

やがて遠くを見つめたまま、彼は自分の過去をぽつりぽつりと語り始めたのだった。

「――リリー、おまえも覚えているだろう。父が始めたと言ったあの娼館、あれこそが憎しみの最たるものなんだ。あそこにいる女を抱くには、普通では考えられない莫大な金が必要となる。主な客は父の大嫌いな貴族…、所謂高級娼館というものだ。……普段平民を虫けらとしか思わない傲慢な貴族たち。その彼らが自分の用意した女たちと遊興に耽り、時に取り合い、家も顧みず散財し破滅する者さえいる。父にとってそれは復讐以外の何ものでもなく、そうして彼らを見下すことで過去の憎悪を消化しようとしていた」

そこまで言うと、レオンハルトは目を閉じる。

ギリ、と奥歯を噛み締める音がした。淡々と話す声はいつもどおりなのに、彼が感情を抑え込んで話しているのがよく分かる。

「しかし、父の復讐心はそれだけで消化できるものではなかった。年を追うごとにエスカレートする憎しみ、怒り。いつしかそれは人間という生き物全てに向けられ、それらの感情は俺にまで押し付けられていく。他人を信用するな、利用しろ、弱みを見せるな、狡猾さを持て、冷酷であれ、感情に振り回されるな、いっそ捨ててしまえ……。父は母を重ねた懐中時計に日々語りかけ、憎悪を燃やし、俺はそれを強要され続ける。息が詰まる、物心ついてからずっとだ。いい加減、終わって欲しかった。母を想う父が嫌いだった。だから父の死を理由に時計を捨てた。これ以上彼らに振り回されるのは真っ平だったからだ。……それなのに父の死後、あれが妄想だったと知り、俺がどれだけ衝撃を受けたことか。父は母の裏切りを受け入れられないだけだった。憤りを、憎しみを押し付けられ、俺は本当に……本当にただ、彼らに振り回されるばかりだった……っ」

ぶつけようのない憤りにレオンハルトは唇を震わせる。

誰にも打ち明けることなく溜め続けた心が噴き出しているようだった。それを恥と思ってか、彼は片手で顔を覆ってしまう。

「……レオ…っ」

リリーは堪らなくなって彼を思い切り抱きしめる。

胸が痛くて張り裂けそうだ。そんなふうに追いつめられてしまうなんて哀しすぎる。

リリーには父も母も傍にいてくれた記憶はない。最後の再会だって相当悲惨なものだった。けれど、二人が家に帰らなくとも嫌な噂を耳にしようとも、今この瞬間だって彼らを嫌いになったかと言われれば首を横に振るだろう。

きっとレオンハルトも同じだ。どんなに嫌になっても息が詰まっても、心の底から嫌いにはなれない。自分にとって、唯一の両親と思うからだ。

「俺は何でこんな話をしているんだろうな……」

しかし、そう独りごちた彼の瞳は、いつもの冷静さを取り戻しかけていた。

まだ早すぎる。抑え込んだ感情をもっと見せて欲しい。だって、今ので分かってしまった。口にしない想いが彼の中には山のようにある。もっと彼の心に触れていたい。些細なことでもいいから何でもぶつけて欲しかった。

「レオ、今もこの時計を捨てたいと思ってる？　もしかして私が持っているのを見て、嫌な想いをずっとしていた？」

問いかけるリリーに、彼は少し驚いた顔をする。

そして、首にさげた懐中時計を見て瞳を揺らし、僅かに目を細めた。

「……憤ることが全くないと言えば嘘になる。だが、俺だっていつまでも十六の子供のまじゃない。過去のことと割り切ってもいるんだ。……おまえがそれを今も持っていたと知った時は、不思議とくすぐったい気分だった」

「レオ……」

その言葉にリリーは涙ぐみ、また彼に抱きつく。

七年もの時が流れ、その間に様々な想いが少しずつ浄化された。そう思っていいんだろうか。そんな彼を傍で見続けることができなかったのは悔しいけれど……。

そのまま抱きしめ合っていると、不意にレオンハルトが小さく息をつく。

耳に息がかかってぴくんと震えたリリーは、顔を上げる。すると、彼は目を伏せ、意外な呟きを漏らした。

「おまえに対して、捨てるという言葉を使ったことを今は後悔している」

「……え」

目を丸くすると、彼は自嘲気味な笑みを浮かべた。

「白状すると、おまえがやってきた夜、逃げ回り、ジーク、ジークと他の男の名を呼ぶ姿に、俺は無性に苛ついていた。それが兄と分かっていたにもかかわらずだ。……だから、おまえに俺を選ばせる為、俺一人のものになるか、その他大勢の慰み者になるのかを天秤にかけさせようとあんなことを言った。結果的にあの時の言葉を引きずったおまえは、俺に捨てられるかもしれないと未だに怯えているんだからな……」

彼は目を伏せ、リリーの手を取り、指先に唇を寄せた。

最初の夜の言葉にリリーが怯え続けていると彼が知ったのは最近になってからだ。ジークフリートに〝お仕置き〟をされ続けたせいで『捨てる』という言葉にリリーが過度に怯えてしまうことなど想像もしていなかったのだ。

そんな告白に、リリーの目からはポロポロと涙が零れ落ちていく。まるでジークフリートに嫉妬していたと告白されているようだった。あの夜、売られたとか愛人になったとか、自分の中で何一つ消化できないまま物事が進み、それを淡々と事務的に説明するレオンハルトが怖かった。けれどまさかあの言葉の裏にそんな想いがあったなんて……。

「わ、私……、ずっと不安で……、いつ要らないって言われるかって……」

「……ああ。すまなかった」

レオンハルトは真摯に謝罪する。

それを見てリリーの涙腺は益々崩壊してしまう。彼に捨てられる心配をもうしなくてもいいのだと思ったら、止まらなくなってしまった。

すると、そんな様子を黙って見ていた彼は何故かリリーの指先に軽く歯を立てる。そして、少しだけ意地悪な笑みを浮かべ、思わぬことを口にした。

「確かに酷い言い草だった。ただでさえ一人で放り出され、不安だったおまえに追い討ちをかけて傷つけた自覚もある。その点を弁解する気はない。……だがな、あの時の言葉を今も信じ続けていたことには流石に驚いているんだ。おまえにとって俺たちの関係が、その程度の認識だったのかもしれないが……」

「……え」

突然変わった話の流れに、リリーはきょとんとする。

たった今真摯な謝罪を聞いたばかりなのに、何だか雲行きが怪しい。けれど、言われてみるとレオンハルトの言っていることも分かる気がする。

戸惑いつつもぐるぐる考え、次第にリリーは自分自身の後ろむきな考えに落ち込んできた。

「おまえにとって俺はどんな男に見える？　買ったという理由だけで、毎日のようにおまえを抱くのが当然だと思うか？」

「そ、それは……」

「ならばもっと分かりやすい質問に変えようか。……おまえはどうだった？　買われたという理由があれば、相手が誰でも素直に身体を開くことはできたか？」

「いやっ！」

リリーはぞっとして即座に否定した。

彼以外なら触れ合うことさえ嫌に決まっている。

「それは俺にも丸ごと当てはまる話だとは思わないか？」

「え？」

リリーは驚いて息を呑む。そういう考え方をしたことはなかった。自分とレオンハルトを同じに考えていいなんて思いつきもしなかった。彼は何でもできて、自分が知らないことを何でも知っている。もっとずっと高い場所にいる人だと勝手に考えてしまっていた。

手が震える。はっきり言ってくれないと都合良く考えてしまいそうだ。心を寄せたから肌を合わせてきたのだと、そう解釈してしまう。勘違いなら早く言ってくれないと……。

「リリー、分かるか？　おまえを捨てることも、他の男に触れさせることも論外だ。窮屈だと思っても、おまえは一生俺の腕の中にいろ」

「……っ」

言われた途端、リリーの目から大粒の涙が零れ落ちた。

びっくりして夢でも見ているようで、手を伸ばし、指先で彼の唇に触れる。

夢じゃない。確かに今、この口が言ったんだ……。

涙で顔をぐしゃぐしゃにして思い切りしがみつき、勢いのまま彼を押し倒した。

「レオ…っ、レオッ、そんなこと言われたら私、嫌だって思われるくらいしがみついて…ッ、駄目だって怒られても絶対にくっついて離れないから!!」

胸の奥のつかえが取れて、溜め込んでいた想いが溢れてくる。

レオンハルトは為すがままに下敷きになり、リリーを黙って見上げていた。いつもとは逆の体勢にドキドキしながらも、勢いは止まらない。薄く開いたその唇に自分の口を押し付け、舌を滑り込ませて強引に絡みついた。

「ん、ん、…ふぁ、レオ、…んん、ん」

どうしてか彼とのキスは最初から甘くてせがんでしまうほどだった。

今日はそれが一段と甘い。舌を絡めれば彼の舌も動いてくれるから、どんどん夢中になって理性が吹き飛んでしまいそうだ。

頬を紅潮させながら息を荒げ、リリーはうっすらと目を開ける。

彼が今どんな顔をしているのかを見てみたいという好奇心だった。

「……あっ」

けれど互いに目が合い、リリーは少しだけ我に返る。瞬きもせずに見上げられ、はしたなく伸し掛かる今の自分を恥ずかしく思った。それだけではない。無意識のうちに彼の腹に下肢を押し付けていたことに気がついたのだ。

その慌てた様子に、レオンハルトはニヤリと笑う。薄く開いた唇から舌が覗き、やがてその舌は自分の唇に付いたリリーの唾液を舐めとっていく。その動きはやけにゆっくりで、時折ぴちゃ、と淫らな音を響かせ、全て舐めとってしまうまでにかなりの時間をかけた。

リリーはその一つひとつの動きから目が離せない。今までそれが自分と重なっていたと思うだけで呼吸が速くなる。

「リリー、そんなに俺が欲しいのか？」

甘い囁きにリリーは顔を火照らせながら、ごくんと唾を飲み込んだ。

お腹が熱い。想像するだけでこうだ。なのに、欲しいという一言がなかなか口から出てこない。微かに残った理性が欠片ほどの羞恥を壊せずにいる。

「今さら何を恥じらう？　おまえのココ、先ほどから何の為に俺の腹に押し付けているんだろうな」

レオンハルトはリリーの下肢を指差して笑い、スカートの裾を持ち上げる。

「あっ」

自分で分かっていたからこそ、改めて指摘されると途輸もなく恥ずかしい。

いつの間にこんなふうに彼を欲しがるようになってしまったんだろう。言葉も出ず、リリーは真っ赤になって俯いた。

けれど不思議なことに、彼はスカートを持ち上げたまま、いつまで経っても動かない。

長い沈黙が続き、そのことに首を傾げると深い溜息が耳に届いた。

「……リリー」

低いトーンで呼ばれ、意味も分からずビクンと震えて顔を上げる。

先ほどまでとは明らかに違う鋭い眼差しだった。突然どうしてしまったのかと困惑し、リリーは返事すらできない。

「……何故、下着を穿いていない？」

「え？」

その指摘で下を向き、彼女は目を見開く。本当だった。しかも、丸出しの下半身を彼のコートに擦り付けていたせいで、大きな染みまでできていた。

「やあっ!!」

あまりの痴態にリリーは飛び上がり、彼から離れようとした。

しかし、咄嗟に足首を擱まれてベッドに倒れ込んでしまう。その上、身を起こしたレオンハルトは何を思ったか、摑んだ脚を持ち上げて空気に晒された下肢にいきなり手を伸ばしてきたのだ。

「あっ、…んん！」

「やけに濡れているな。どうしてだ？」

ぐちゅ、と大きな音を立て、彼の中指と薬指がゆっくりと膣内に沈んでいく。

あまりに一瞬の出来事で、しかも何の抵抗もなくスムーズに入ってしまったことに、リリーは顔を真っ赤にさせた。

「あ、あ、あ、あぅ…ん、…あぁっ！」

ゆっくりと大きく掻き回され、抑えられない声が部屋中に響き渡る。

突然のことにもかかわらず、お腹の奥は熱くなる一方で無意識にきゅうっと彼の指を締め付けていた。

「リリー、一体何があった？」

浅く深く出し入れしながら、レオンハルトが耳元で囁きかける。

低い声音にビクンと震えるが、リリーは快感にとらわれ小さく首を横に振ることしかできない。

その仕草に何か誤解したのか、すっと彼の目が細められ、指の動きが止まる。

「……ジークフリートはおまえにどこまでしたんだ？」

そのうち、レオンハルトはぽつりと呟く。

リリーは肩で息をしながら首を傾げた。

——ジークフリート？

目をぱちぱちさせ、まさかと思いながらレオンハルトを見上げた。

「……っ!?」

彼の表情にリリーは目を見開く。怒気を孕み、燃えるような眼差しで宙を睨んでいたのだ。

指を引き抜き、彼はベッドを下りようとする。このままジークフリートのもとへ駆け戻りそうな勢いだった。

「あの男…、手加減すべきではなかった……」

「……あ、ちが、違うのっ!!」

ようやく事の重大さに気がついた。

とんでもない勘違いをさせてしまったと、リリーは慌てて首を振る。

「レオ、レオ、違うの。そんなわけない。もしジークと間違いが起こっていれば、こんなふうにレオの傍にいられないもの！　これは違うの、ごめんなさ…っ、これは……、私がこんなになっているのは……本当に、違う理由なの……」

何とか誤解を解こうとしがみつくが、それ以上の言葉を言い出せない。

レオンハルトはリリーを見下ろし、訝しげに眉を寄せている。そんな彼に抱きつき、リリーは何度も首を横に振った。

「リリー？」

不意に指先で頬を撫でられ、ぞくんとお腹が震えた。

身体が熱い。彼に少し触れられただけなのに……。

「んん……、だって私、朝から、……ずっと」

「……朝から？」

問いかけられるまま、リリーは小さく頷く。しかし、それは自分が言ったことを、単に彼が聞き返しただけだと気づき、自分の口を慌てて押さえた。

「そんなに言いづらいことがあったのか？」

レオンハルトはリリーの顔を覗き込む。

口を押さえていた手は取り上げられ、真っすぐな彼の瞳に見つめられる。

もう駄目だ。彼の目には逆らえない。きっと自分は一生隠し事ができないだろう。

そんなことを思いながら、リリーは途切れ途切れに答え始める。

「……だ、…って……。レオの、手紙が嬉しくて、何度も読んで、……ベッドの上で、いっぱい読み返して……、そしたら、そのうちに身体が……熱くなって」

リリーは言いながら涙が止まらない。とんでもないことを告白している。

まさかこんなことを彼に知られるなんてと、ジークフリートを恨んでしまいそうだった。

「そ、それで……下着が……凄く、濡れてしまって……気持ち悪いから脱ごうって……だけど私、そのまま新しいものに着替えるのを……」

その先は声にならず、リリーはぐすぐすと泣き始めた。自分の身体がこんなに厭らしくなってしまったなんて知られたくなかったのに。

恥ずかしい。結局言ってしまった。

レオンハルトのことを考えていただけで濡れてしまっただなんて、自分でも驚いたのだ。しかも、手紙に夢中で着替えることさえ忘れてしまった。それを彼に指摘されて気がつくなんて顔から火を噴きそうだった。

「……手紙？　あんなものでか？」

不思議そうに問いかけられ、ぶわっと涙が溢れ出る。

彼が驚くのも無理はない。だけど本当に嬉しかったのだ。手紙の文字を見ていると、レオンハルトの声まで聞こえるようで、自分の想像力に感心するほどだった。

自分でもおかしいと思うくらい彼で一杯なのに、目の前に本物がいれば更に恥ずかしいことになってしまうように決まっている。そのせいで彼のコートに染みまで作ってしまった。

「ジークフリートには何も？」

問いかけられ、コクコクと頷く。どうか信じて欲しい。

「……ならば、この噛み痕はどうした」

「え？」

何のことか分からなくて頭が真っ白になる。

必死で考えていると、レオンハルトに軽く歯を立てられてハッとした。色々ありすぎて忘れていたが、確かにそこをジークフリートに噛み付かれたのを覚えている。

「ち、ちが……ッ、それは……確かにそう、だけど……私、私…ッ」

レオンハルトの目がすっと細められたのを見て、リリーは慌てた。

他の誰かと何かがあったなんて思って欲しくない。けれど、どうやってそれを説明すればいいのだろう。こういう時、言葉がうまく出てこない自分がいつも嫌になる。

ところが、そんなリリーを見てレオンハルトはほっとした様子で笑みを浮かべる。そして、痛々しい首筋の噛み痕にそっと唇を寄せた。

「リリー、頑張ってよく逃げ切ったな……」

「え？」

予想外の言葉に目を丸くして彼を見上げた。

優しい眼差しで見つめられ、びっくりして一瞬で涙が引っ込んでしまう。

「そんなに俺の顔は怖いか？　……馬鹿だな。おまえを責めるわけがないだろう？」

「……っ」

「俺は言葉を選ばないし足りないと、時々アルに言われる。知らずにおまえを不安にさせることもあるだろう。だが、それを一人で悩む必要はないんだ。うまく言葉にできなくていいから、言いたいことをそのままぶつければいい。……リリー、この中にあまり溜め込まなくていい。俺が言っていることが分かるか？」

そう言って胸を指差され、リリーは唇を震わせながら大きく頷いた。

　分かってくれていた。怒っているわけじゃなかった。何よりも、そんなふうに考えてくれていたことが嬉しくて堪らない。

「レオ、……すき、大好き、……ずっと一緒にいたい」

　リリーはレオンハルトに抱きつき、彼の耳元で同じ言葉を何度も繰り返した。

　本当は言いたいことなんて山ほどある。もう二度と離れたくない。一日中傍にいたい。沢山抱きしめて欲しい、何度でも抱いて欲しい。他の誰にも触らないで。頭の中はこんなことばかりで、全部を聞いたら彼は動けなくなってしまうだろう。

　だからいつもと同じでいい。毎日しつこく好きだと告白するから、それを聞いてくれればいい。彼が傍にいるなら、リリーはそれだけで満足なのだ。

「大好き、大好き、レオ、レオ、レオ…っ」

　ひたすら告白を繰り返すとレオンハルトは苦笑し、もう一度噛み痕に唇を押し付けた。

「ん、レオ…」

　リリーは甘えた声で自分からキスをする。

　抱きしめられているだけでは足りない。舌を突き出し、自分から絡めていった。

「……あまり煽るな。優しくしたいと思っているんだ」

　そう言ってレオンハルトは煩わしげにコートを脱ぎ、無造作に投げ捨てる。そのまま適当にスーツを着崩し、リリーの足首をそっと摑んで自分の口元に引き寄せた。

「あ…っ」

優しくしたいなんて初めて言われた。鼻の奥がツンとして涙が零れる。くるぶしに口づけられ、笑みを浮かべたレオンハルトと目が合う。ただそれだけで全身が熱くなる。自分の全てが彼を好きだと叫んでいるみたいだった。

リリーはすぐにでも彼と一つになりたくて、無意識に身体を押し付けてしまう。傍にいるだけで、見ているだけで彼がどんどん欲しくなっていった。

「あ、あの……、レオ、私、……私……」

「……どうした？」

顔を真っ赤にしてリリーは小さく震える。

「身体、熱い…」

もじもじしながら彼を見つめた。

すると、言いたいことを理解してくれたのか、レオンハルトの手はくるぶしから上を辿り始め、内股を掠めてからリリーの中心にそっと触れた。それだけなのに、くちゅ、と水音がしてしまい、恥ずかしくて両手で顔を隠す。

「……本当に凄いな」

「んんぅ、レオ、私、……もう、大変なの。だから……っ」

訴えている間も、彼の指が中心をじらすようになぞっていく。顔を隠した自分の手を少しだけずらし、指の隙間から彼を覗いた。

「先ほどより濡れている。これも俺のせいか？」

そう言って指を二本中に入れ、内壁をゆるゆると擦る。

「あ、ああっ」

リリーは堪らず声を上げ、何度も頷く。そのうちに脚を大きく開かれ、彼の綺麗な顔が中心に近づいた。躊躇いもなく舌が伸び、指を出し入れしながら溢れ続ける愛液を舐めとられる。舌先が敏感な芽を突き、彼の形のいい唇に包まれた。

信じられない。彼がこんな場所を舐めるなんて。しかも、そのことに凄く興奮してしまっている……。

「あ、あぅ、ん……っ、や、や……っ」

「いや？　何がいやなんだ？　リリー、言ってごらん」

「…は、んん、……だって。そんな、されたら……、私、おかしくなっちゃう…っ」

「そうなる為にしているんだ。何度でもおかしくなればいい」

「や、や、……だめなの……っ、レオが、ほし、い……、も、待てな……」

息を弾ませ、勝手に腰が揺れる。特に感じるところばかりを舌でなぞられ、益々追いつめられていく。けれど、今日はどうしてもこのまま達してしまいたくなかった。

「レオ、レオ、……レオの、で、……中、擦って……っ」

耳まで紅潮させ、リリーはやっとのことで望みを口にする。

途端に指と舌の動きが止まり、彼と目が合う。恥ずかしくて堪らない。とてもはしたないことを口にしてしまった。軽蔑されただろうか。嫌われるだろうか。そう思いながらもリリーは欲しい欲しいと目で訴える。もう止められなかった。

「……は、とんでもないな」

レオンハルトは苦笑いを浮かべながら、身を起こす。

その濡れた唇に釘付けになり、リリーは衝動的に彼の唇にかぶりつく。この綺麗な口が自分のをあんなふうに舐めたのだと激しく興奮していた。

「――ん、……リリー、……焚《た》き付けたのはおまえだからな」

唇が離れると、耳元で甘く囁かれる。

直後に、いつもより熱い塊を入り口に押し当てられ、がくがくと震えた。

「……あ、あっ、ああーっ！」

リリーは声を上げ、喉を仰け反らせる。きつく抱きしめられ、同時に彼のモノが強引に押し入ってきた。

けれど、待ち望んだ熱に身体は悦び、繋がった場所は彼を求めて大きくうねった。いつの間にこんなふうに貪欲に欲しがるようになったのだろう。間を置かずに始まった律動にもすぐに翻弄されていく。

「あっ、あ、あっ、ああっ」

迫り上がる快感に悶えてリリーは身を捩った。

そのうちに抱き上げられ向かい合う形で繋がり、腰に回された彼の手で器用にボタンを外される。まともに服も脱いでいなかったことに、今になってようやく気がついた。

「は、…あぅ」

ぴちゃ…、と、露わになった胸をレオンハルトの舌が意地悪く嬲る。

唇で胸の頂きを挟まれ、軽く甘噛みされながら舌先で突かれると、無意識に自分の腰もゆらゆらと動いてしまう。

「あ、あぅ、あ、……ん、やぁ…っ」

感覚が麻痺していくようだった。ぐちゅぐちゅと淫らな音が響き渡り、普段ならそれを恥ずかしく思うのに、もっともっととねだってしまう。彼の首に抱きつき、自分からレオンハルトの肌に初めて痕を残した。

「はあ、ん、ん、…ん、ふぁ、……レオ、ああっ、ん、んっ」

胸を愛撫していた彼の舌はそのままリリーの唇と重なる。

互いに腰を揺らし、甘い快感に身悶えながら再び身体がベッドに沈んだ。

左右の足首を摑まれ、大きく広げられる。更に深くまで彼を受け入れ、繰り返される抽送も一層激しさを増していた。リリーは次第に頭の芯が痺れ、ここがどこかも分からなくなっていく。彼が傍にいれば他に気にすることなど何もなかった。

「……ッ、…っは、……」

唇の隙間から彼の艶めかしい声が漏れ、ぞくぞくした。自分の身体に反応していると思うと堪らない。リリーは自分の中を満たす熱を締め付け、びくびくと内股を震わせた。

限界がすぐ近くまで迫っている。幾度となく抱き合ううちに感じ取れるようになった予

兆に、リリーは快感を逃がそうと腰を退いた。まだ繋がっていたい。今日ほどそれを切実に願ったことはなかったが、レオンハルトは許してくれなかった。

抵抗虚しく引き戻され、代わりに大きく掻き回されてしまう。お腹の奥が熱くて堪らない。どこを擦られても限界に近づくだけだ。

「あっ、んっ、……ッ、あ、ああ、やあ……っ」

ぐちゅ、と一際大きく中を擦られた瞬間、リリーの身体が大きく跳ねる。

自分ではもうどうにもできない。制御できない快感に埋め尽くされ、頭の中が真っ白になって何も分からなくなっていく。

「あ、あ、ああ、ぁあ、あ、…ッッ、あーー……ッ!!」

はしたなく声を上げ、尚も繰り返される抽送で更なる高みへ押し上げられる。

これまで感じたことのない強烈な絶頂に全身を痙攣させ、息をすることさえ忘れかけた。

「──あ、あぁ、……あう、……」

「……はぁ、……は、………、はあ、……ッ」

耳元ではレオンハルトの荒い息が繰り返されている。

彼はまだ動き続けていた。長い絶頂にびくびくと震えるリリーの脚は肩にかけられ、彼の思うままに腰を打ち付けられる。

その刺激にうねるリリーの中で、彼は一層の快感を募らせているようだった。やがてレオンハルトも限界を超え、全身を粟立たせながら苦しげに呻きを上げる。

「――ッ、……っ、……あ、……っは……」

リリーは骨が軋むほど強く抱きしめられた。

奥に放たれた彼の精を感じ、意識が遠のいていく。どちらのものとも分からない荒い息が部屋に響き、二人ともしばらくの間、動くことさえできずにいた。

その息づかいも徐々に落ち着きが見られると、身じろぎをして顔を上げたのはレオンハルトの方だった。彼は額の汗を拭いながらリリーをじっと見下ろす。リリーの方は今にも瞼が落ちそうだった。

くすりと笑い、彼は隣に身体を沈める。そして、ぐったりしたリリーの横顔を眺めながら、掠れた声で囁きを漏らした。

「前は一人じゃないと眠れなかったんだ……。それが、どうしてだろうな。おまえがいないと、今の俺は眠ることさえできない」

彼の言葉は静寂の中に溶けていく。そのまま瞼は閉じられ、レオンハルトは微動だにもしなくなった。

その隣でリリーの寝息が繰り返されている。やがてぴったりと彼に抱きつき、その胸に顔を埋める。何の不安もなく眠る夜は彼のもとに来て初めてのことで、リリーは安心して全てを委ねきっていた。

——ところが、朝方になってリリーは異変に気がつく。

自分の身体を包む異様なまでの熱に目が覚め、リリーは何となく隣に目を向けた。

レオンハルトは服を着たまま眠っている。しかし、何気なく手を伸ばしてリリーは目を丸くした。服の上から触っても分かるほど、彼の身体は熱を持っていたのだ。

よく見ると、スーツの肩口が僅かに破れている。その上、黒っぽく濡れているようにも見え、指で触れると赤い液体が手に付着した。驚いてジャケットを脱がせると破れた白いシャツの周囲は鮮血で染まり、シーツにも少し血が付いている。

「まさかこれって……」

ジークフリートが持っていた銃が頭を過る。やけに戻るのが遅かったレオンハルト。青ざめ、額から汗を流し、いつまで経っても息が整わなかったのを覚えている。問いかけると何もないとだけ答え、それ以上語ろうとしなかった。

どうしてあと一歩踏み込まなかったんだろう。変だと思っていながら何もしなかった自分の能天気さが心底恨めしい。

「……ッ‼　馬鹿！　私が何とかするのよっ‼」

リリーは唇を嚙み締め、意を決して立ち上がった。

助けを呼びに走ろう。このまま放っておいたらどんどん酷くなるかもしれないのだ。対処法が分からない自分にできるのはこれしかない。もし医者が近くにいるなら、そこまで走ればいいだけだ。やれることをやる、考えるのは後ですればいい。

「レオ、すぐに戻るから待っててね！」

熱を帯びたレオンハルトの手を取り、祈る思いで額に押し付ける。そして、床に投げ捨てられたままの彼のコートを羽織って家を飛び出したリリーは、隣の家までの長い道のりをひた走った。

その後、早朝にもかかわらず見知らぬ訪問者に耳を傾けてくれたのは、人の良さそうな老夫婦だった。慌てるリリーを落ち着くように諭し、その要領を得ない説明の中で必死さだけは伝わったらしく、診療所まで連れて行ってくれたのだ。

案内された先でリリーは医者の腕を摑んで放さなかった。そのままの勢いで彼女は医者と共に診療所を飛び出し、一目散にレオンハルトのもとまで戻ったのである。

❀　❀　❀　❀

「熱を出して寝込むなんて、何年ぶりだろう」

目が覚めたレオンハルトは、のんびりとそんなことを呟いていた。

リリーはじとっとした目で彼を見る。随分暢気《のんき》だと内心で思っていた。

彼が目覚めたのは、既に医者が帰ってしまった昼過ぎのことだ。しかし、自分に何が起きているのかすぐには理解できなかったらしい。右肩に包帯が巻かれ、手当てが為されていることに最初はとても不思議そうにしていた。

事情はリリーが説明したが、どうやら彼は負傷したことよりも熱を出して寝込んだことに驚いているようだ。大事に至らなかったから良かったものの、「こっちの気も知らないで…」と、リリーは頬をふくらませ文句を言った。

幸いにも傷は軽く掠った程度のものだった。厚い生地の服を着込んでいたのが良かったらしく、そうでなければこんなに軽傷では済まなかったそうだ。それでも傷口はやや化膿していて、三針ほど縫ったのだが……。

「お医者様が何日か熱が出るだろうって言っていたわ。その…よく分からないけど、〝場所が良かったから出血がそれほどなかった〟って……。でも、撃たれたのに場所が良いなんて変よね？」

腑に落ちず、リリーは首を傾げる。

だが、レオンハルトは自分の右肩を眺め、一人で納得したようだった。掠ったとはいえ、場所が場所なら大量出血は免れない。本当に不幸中の幸いだったのだと。

「レオ、何かして欲しいことはある？　何でも言ってね」

リリーは彼の手を握り、顔を覗き込む。

痛みはあっただろうと医者は言っていた。けれど彼はほとんど顔に出さなかったのだ。

もしかしたら、これも彼の父の影響なのかと思うと何だかやるせなかった。

他人を信用するな、利用しろ、弱みを見せるな、狡猾さを持て、冷酷であれ、感情に振り回されるな、いっそ捨ててしまえ……。これでは誰にも感情を見せられない。一人で何でも抱え込むしかなくなってしまう。

本来の彼はとても情の深い人だ。だからこそ七年前のあの日、彼はリリーを家に上げてくれた。父の死も心の中で悼んでいたはずだ。そうでなければ、あんな顔で空を見上げたりはしなかっただろう。

「リリー、懐中時計の音を聞かせてくれないか」

そう言って彼は微笑む。

リリーは頷き、彼の耳元に懐中時計をそっと近づけた。

「レオ、これはあなたに返さないとね」

「……いや、その必要はない」

「え？」

あっさり断られ、目を丸くする。どんな過去であろうと、これが彼の両親の形見であることは変わりない。思い入れはあるけれど、リリーはこれを返すつもりでいた。

「これはもう父のものでも母のものでもない、おまえのものだ」

言葉の意味が分からず、リリーは彼の横顔を見つめる。

カチ、カチ、カチ、秒針の音に目を細めて彼は言葉を続けた。

「あの頃はとても哀しい音色だった。それが今は不思議なほど温かな音に聞こえる。おまえと共に刻んだ時がそうしたんだろう。捨てようとした俺では時計の方が嫌がる」

熱のせいか、潤んだ瞳が窓の外を見つめていた。

リリーは手に持った懐中時計をぎゅっと握りしめ、唇を震わせる。

――もっと温かな音色を刻めるよう、これからも彼の傍にいさせてください。

それは何に願った想いだったのか、自分ではよく分からない漠然としたものだった。

けれど、こうして彼と繋がりを持ち続けたこの懐中時計は様々な想いを抱えて時を刻み、これからも自分たちの傍に居続ける。

だからリリーは自分の想いに偽りがないことを、目に見えない何かに誓いたかった。

終章

——ジークフリートがリリーの奪還に失敗して三週間。

彼は閑静な通りにぽつんと立っていた。殴られてパンパンに腫れた顔は元に戻っていたが、美しかった金髪には艶がなく、顔色も悪いのでどことなくやつれたように見える。

「こんなことが赦されていいわけが……、間違っている、間違って……」

独り言を呟きながら、彼は手に持っていた紙をペタペタと壁に貼り付ける。

それをじっと眺め、懐からまた紙を取り出しながら壁沿いに移動した。

「騙されている……皆、どうして。……分からない」

呟きは繰り返され、充血した目には涙が滲んでいる。

ふと、今貼ったばかりの紙の前に誰かが立ち止まった。気配に気づかなかったジークフリートは肩をびくつかせて驚く。けれど、近づいた気配が貼り紙を読んでいるのだと分かり、ニヤリと笑みを浮かべた。

だが、微かな嗤い声と共に紙が剝がされて、ジークフリートは目を剝いて振り向いた。

「なにをっ!!」

「これはおまえの手作りか？」

「……ッ!?」

そこにいたのがレオンハルトと知った途端、彼は顔色を変えて後ずさった。

頭の中で一方的に殴られた記憶が蘇ったのだろう。あの日のことは彼にとって人生最大の汚点だった。

その反応に目を細め、レオンハルトは手に取った紙に視線を落とす。

ジークフリートは目の前でそれを読まれている間、居心地が悪くなって顔を背け、また何歩か後ずさった。それもそのはず、これはレオンハルトを中傷する貼り紙で、貼り付けていたのは彼の屋敷を囲む壁なのだ。

中傷内容は例の如く七年前の誘拐事件の説明から始まり、犯行の隠蔽に関わった闇組織の存在に対する疑念。また、この七年間の潜伏は準備期間に過ぎず、現在は犯人によってリリーが監禁されていることを訴えている。これらの内容自体はリリーに宛てた手紙と同じで目新しくはないが、今回それには主張が一つ追加されていた。

「三週間前に撃たれたのは、確か俺の方だった気がするんだが……」

そう言って、レオンハルトは笑いを堪えて肩を震わせる。

追加されたのは、三週間前の発砲までもがレオンハルトであるという主張だった。

夕刻過ぎの住宅街で発せられた銃声。何名かの人々の耳にも届いていたらしく、あの後、少し騒ぎになった。

現在、その真相の全てはもみ消され、巷《ちまた》では謎の発砲事件として人々の記憶からも消えかけている。だが、多少でも噂になってしまったことに焦り、ジークフリートはレオンハルトに罪をなすり付けようとしていた。

「おまえの主張だと、俺は自分に向けて発砲したことになるが、俺は自殺しようとしていたのか？」

「うっ、うるさい……っ」

顔を真っ赤にして後ずさる。レオンハルトにとって不愉快な内容ばかりが羅列されているはずなのに、平然としているのが落ち着かない。ジークフリートはそのまま逃げ去ろうと考えていた。

「まぁ、待て。ジークフリート、後ろを見てみろ」

「……？」

笑みを浮かべ、レオンハルトは突然後ろを指差す。

誘導されるままに振り返り、ジークフリートは目を見開いた。通りの向こうに女の人影が見える。その姿形には見覚えがあった。ビアンカだ。

「おまえの婚約者が先ほどからずっと心配そうに見ている」

「ずっと…!?」

「家に戻る途中、おまえを見かけて俺は馬車を降りた。その時既に彼女の姿もそこにあった」

「なっ!?」

一体いつから見られていたのか。ジークフリートは顔を引きつらせ、親指の爪を忙しなく噛み始める。

「それはそうと、数日前、シュナイダー氏と会ったが……」

「……ッ」

その言葉にビクッと肩を震わせ、ジークフリートの動きが止まる。

目を細め、レオンハルトは話を続けた。

「俺が去った後、おまえは随分寝込んでいたようだな。紫に腫れ上がった顔で体調まで崩し、何故か殴った相手の名を頑として明かさなかったと……。そして、ビアンカ嬢はそんなおまえを献身的に看病していたと聞く。あの場に居て、それなりに状況は察したはずだ。それでも彼女はおまえの傍に居る。……その意味は大きいと思うがな」

そこまで言うと、レオンハルトは手に持った中傷の貼り紙をコートに仕舞う。

そして、それ以上は何も言わずに去っていく背中を、その場に取り残されたジークフリートは黙って見ていた。

彼は益々激しく爪を噛む。ブツブツと何かを呟いてもいた。門が開けられるのを待つレオンハルトの横顔を瞬きもせずに見つめ、やがて中に消える姿を追いかけ始める。

「あいつさえ消えれば、全てがうまくいくんだ……」

彼は本気でそう思っていた。レオンハルトさえいなければリリーを今すぐ取り戻せる。

そうなれば家のことはどうなってもいい。結婚をする必要もなくなるはずだ。

「僕がやらなきゃ……、だって、あいつがいるとリリーが……、リリーがあの時のように僕を無視して、あいつを追いかけてしまう……っ」

彼は震える手をコートに突っ込み、閉まりかける門に向かって突進した。

しかし、気配に気づいて振り返るレオンハルトの表情に、彼は目を見開く。

まるで七年前と同じだった。リリーを門前に置き去りにしたその背中に呼びかけた時、振り返った彼はどういうわけか笑っていた。それと同じ顔を、何故か今もしている。

ジークフリートには何もかもが理解できない。この状況でどうしてそんな顔ができるのか。一体何がそんなに愉しいのか。あの時と同じ笑みを、どうして浮かべているのか。

リリーを取り戻せるうちに、この得体の知れない男を早く何とかしなければ……。

「……殺してやる」

憎悪を込めてジークフリートは呻いた。

しかし、飛びかかろうとした瞬間、思わぬことが起きる。激しく吠える犬の声が近づいてくるのだ。振り向くと黒い仔犬が猛進してくるところだった。

「またあの犬か……ッ!!」

ジークフリートは奥歯をギリ、と嚙み締める。リリーを連れ去る時にもあの犬は邪魔をした。小さいくせに楯突いて、とても気分が悪かったのだ。

――いっそ、こいつから始末してしまおうか……。

そんな考えが頭を掠めた時だった。

「ジーク!!」

愛しい声にハッとする。目を向けると、仔犬の後ろからリリーが走ってくるのが見えた。

懸命に自分を追いかけた昔の彼女と重なり、ジークフリートは笑みを浮かべる。

「お願い、ジーク！　それを仕舞って!!」

彼はリリーの言葉にピタリと動きを止めた。

激しく吠え立てる仔犬が、その隙に目の前に立ちはだかる。まるで身を挺してレオンハルトを守ろうとしているかのようだ。

ジークフリートは何度か瞬きを繰り返して、自分の手元をじっと見つめた。手には果物ナイフが握られ、鞘は地面に転がっている。それはここに来る時から密かにコートに仕舞っておいた物だ。にもかかわらず、彼はそれを不思議な思いで見つめていた。

「ジーク、もうやめて！」

声に反応して彼は顔を上げる。

ナイフを握ったまま笑顔を見せ、リリーに近づこうとした。

「リリー、僕と…」

「いやっ、いやっ、来ないで!!」

よく見ると、彼女の瞳は怯えていた。首を振り、青ざめ、近づくジークフリートを拒絶する。その上、手を伸ばしたレオンハルトに駆け寄り、抱きついたのだ。

ジークフリートの目に涙が滲む。そこは少し前までは自分の場所だった。唇を震わせ、両の瞳から涙の粒がぽろぽろと零れ落ちる。

「ジーク…」

傷つき哀しむ様子にリリーは戸惑いを見せている。

ところが、そんな反応をよそにジークフリートはまたパッと表情を変える。

突然キラキラした眼差しで、何事もなかったかのように笑顔を浮かべた。

「リリー、待っていて。一生かけてでも、僕は君を取り戻すからね」

「――え?」

「だから、諦めずにいて欲しいんだ」

大きく頷き、ジークフリートは柔らかな微笑を浮かべる。

それはリリーが大好きだったジークフリートの笑顔だ。けれど、今この瞬間に於いてはあまりに不自然なものだった。

「ジーク、ジーク聞いて。もう私のことは気にしなくていいの。……お願いジーク、どうか分かって。どうかビアンカさんを、彼女を幸せにしてあげて」

そう言ってリリーは彼の背後に視線を移し、哀しげに訴える。

後ろにはビアンカが泣きそうな顔で立っていた。その気配を察したジークフリートは息を呑み、果物ナイフの切っ先にもう一度視線を落とす。

「……ジーク、お願い、ジーク!」

一歩、また一歩とジークフリートは前に出る。

仔犬が吠え立てるのに苛立ち、爪を噛む。右へ左へ定まらなかった視線が、不意にレオンハルトを捉えた。ジークフリートは途端に唇をぶるぶると震わせ、声を振り絞る。

「何で……何で、おまえ、何なんだよ！　いつもいつも……、なぁ、何がそんなにおかしいんだ？　見るなよ、もう、僕を見るなよ…ッ。僕を嗤うなぁぁあ!!」

絶叫に近い声が周囲に響く。顔をぐしゃぐしゃにして、ジークフリートは号泣していた。そのよく分からない言葉に、リリーはレオンハルトに目を向けようとする。

ところが、そこへ突然扉が開けられ、皆の意識は背後の気配に移った。

「一体何の騒ぎですか？」

緊張感のない穏やかな声。中にいたアルベルトがひょいと顔を覗かせたのだ。

「……え？　……、──ッ!?」

この異様な状況を目の当たりにして彼は一瞬で顔を強ばらせている。さぞ自分の間の悪さに舌打ちしたい気分だったに違いない。

しかし、ジークフリートは、アルベルトを見るなり顔を輝かせた。

「ねぇ、君。アルベルト。これをまたリリーに渡してくれるかい？」

ジークフリートは懐に手を忍ばせると、一通の白い封書を取り出して微笑んだ。

すぐ傍にリリーがいるにもかかわらず、その青い瞳は彼女を映していない。まるで存在を忘れてしまったかのようだった。

「え？　ですが、それ、は……」

戸惑いながらも、アルベルトはレオンハルトに一瞬だけ視線を向け、微かに頷いた。

「……ッ、え、ええ、いいですよ。あ、そこにいてください。私がそちらへ行きますから」

引きつった笑顔でアルベルトは自ら前に出る。これ以上ジークフリートを建物の方へ近づけさせない為だったのだろう。

アルベルトが手紙を受け取ると、ジークフリートは持っていたナイフをパッと手放す。それが地面に転がって足下を掠めかけたが、彼は気に留めなかった。

そして、身を翻した彼は外へ向かい、門の傍で固唾を飲んで見守っていた婚約者の前で立ち止まる。彼は上機嫌で笑いかけた。そんなジークフリートにビアンカは驚いた様子を見せたが、すぐにリリーたちに顔を向けて何度も頭を下げる。

やがて二人が去った後もしばらく異様な空気が屋敷を包み込み、バウムの息づかいだけが大きく響き渡っていた。

❀　❀　❀　❀

庭先に置かれた椅子に腰掛け、アルベルトは溜息をついた。

先ほどまでの経緯を、彼はたった今、聞き終えたところだ。

「それで対策は？　流石にこのままにはしておけないでしょう」

そう言って斜め横に座るレオンハルトに目を向けた彼は、呆れた様子で眉を寄せた。レオンハルトは庭の中ほどにいるリリーとバウムを見て唇を綻ばせている。

発砲された時の傷は浅いとはいえ、未だ包帯は取れていない。その状態で今回のことが起こったというのに、随分危機感が欠けているように思えた。

「レオ、分かっていますか？　あれからたった三週間で刺し傷が追加されていた可能性があるんですよ？　のんびりしていると、あなた死にますからね」

辛辣《しんらつ》な物言いにレオンハルトは苦笑する。

そして、懐から一枚の紙を取り出し、アルベルトに手渡した。言うまでもなく、それは先ほど壁に貼られたジークフリート手製の中傷ビラだ。

「なんです？　ああ、これが例の貼り紙ですか。……ってこれ、この前発砲したのもあなただって書いてますよ。レオ、あなたは自殺するつもりだったんですか？」

「同じことをジークフリートに聞いたら、顔を真っ赤にして怒っていた」

「……何だか目に浮かぶのが嫌ですね」

アルベルトはこめかみを押さえ、小さく首を振った。

書かれた内容に対して反応する気も失せる。

「ところで、おまえは七年前の件を知っていたのか？」

「ええ、それは。あの事件は社交界でも大きな話題でしたから。といっても、皆が知っているようなことだけですよ。真相を知ったのはあなたたちがここに戻ってからです。何度リリーから聞かされたことか……。今の彼女は口を開くとあなたのことばかりです」

アルベルトは苦笑を浮かべて庭先のリリーを見つめる。

思い返せば、この三週間はあまりに静かすぎた。レオンハルトは負傷した三日後には屋敷に戻り、その数日後には何事もなかったかのように仕事に出かけ始めている。変わったのは完全に傷が癒えるまでは馬車を使うようにしたことと、以前に比べれば帰宅が早くなったことくらいで、その間はアルベルトが訪問するいつもの日々が続いていた。

そこで毎日のように繰り広げられるリリーの話は尽きることがない。七年前のこと、レオンハルトの両親のこと、今の自分たちのこと。聞かなくても話したくてうずうずしているのが伝わってくるほどなのだ。

今日の一件はそんな日常を脅かしかねないものだが、レオンハルトの平然とした顔を見ているとよく分からなくなる。アルベルトは内心では疑問を抱きながらも、わざとおどけた口調で肩を竦めた。

「おかげで私、レオのことが必要以上に詳しくなってしまい、とても複雑な気分です」

「……」

「まぁ、それはいいのですが。ただ、聞いていると首を傾げてしまうことが……」

「なんだ？」

「ええ……。レオ、あなたってリリーが思うほど潔白な人間ではありませんよね」

アルベルトは疑問どころかそう断言し、にっこりと微笑む。

「……そうだな」

喉の奥で笑い、レオンハルトは同意して頷く。

そして、中傷のビラを戻され、彼は意味有りげな言葉を続けた。

「ジークフリートが俺を見る目は濁っている。妄想じみた考えに取り憑かれるのはそのせいだろう。だが、行き過ぎると真実に近づけることもあるのかもしれないな」

「それはまた面白そうな話ですね」

「……アル、前に聞いたな。俺には何か特別なコネクションがあるのかと」

「え？　ええ。まさかジークフリートの妄想の中に、あなたの秘密を突いている部分があるんですか？」

興味津々に目を輝かせ、アルベルトは身を乗り出す。

「ああ、……からくりは、俺が手にしている〝情報〟だよ」

「情報…、ですか」

「そうだ。利用の仕方によっては絶対的に有利になれる」

「そんなものをどうやって……？」

「さぁな。だが、油断を誘う意味ではなかなか優秀な情報源だ。もし、おまえ自身が罠に嵌まることがあれば納得してもらえるだろう」

「何ですそれ。随分物騒ですね。ならば事業の拡大に、その情報が貢献していたと？」

腑に落ちず、アルベルトは顔を顰めて呟く。

「……だからこそ、今ここにリリーがいる。金が必要だったと言ったろう？」

レオンハルトは平然とした顔でそう言った。それは暗に、事業で得た金はリリーを手に入れる為に使ったと告白しているようなものだった。

アルベルトはごく、と喉を鳴らす。一体どんな情報と引き換えにしたらそんなことができるのか、彼には計り知れないことだった。

「レオ……、あなたは他にいくつ顔を持っているんでしょう」

「さぁな」

「あなたが今、そんなふうに構えていられるのは、手にしているその情報でジークフリートを如何様にもできると踏んでいるからですか？」

「……シュナイダー氏次第だがな」

「え？」

「罠に嵌まってしまったのはシュナイダー氏だ。だが、金づるの彼が失墜すればジークフリートも一緒に沈むことになる。だからこそ向こうの出方次第だが、沈ませる時は徹底的にやるつもりだ。……しかし、手荒な真似をしたいわけじゃない。あんな男でもリリーの兄だからな。このまま大人しくしてくれれば皆が穏やかに過ごせるんだが……」

淡々と話すレオンハルトに、アルベルトは首を振って空を見上げた。

情報も罠も彼には分からない。だが、この自信に満ちた腹黒さは一緒に事業をやる上でも度々目にするもので、時に非情と思えるほど容赦がない。そんな一面を見たことがないリリーは、ある意味で凄く幸せなのかもしれない。

「はぁ……、何だかどっと疲れてしまいました。今日は帰ることにします」

肩を回して一息つき、アルベルトは立ち上がる。そのまま背を向けようとした。

「……アル、俺と組むのが嫌になったか？」

背もたれに大きく寄りかかったレオンハルトに、探るような目で問いかけられる。

まるで試しているかのような目つきだった。

アルベルトは何となくそれが分かってしまい、思わず吹き出してしまう。

「馬鹿なことを。私があなたと組む理由を考えれば、あり得ない質問ですよ」

「……そんなものがあったのか？」

「ええ、実に単純な理由ですが。……あなたといると退屈しないからですよ。社交界は私には退屈ですから。……それに、私はあなたを仕事上のパートナーと思うだけでなく、大切な友人だとも思っています」

「……」

「では、この手紙はあなたに。……それではごきげんよう」

にっこり微笑み、アルベルトはジークフリートから受け取った封書を手渡した。

そのまま身を翻して去っていく背中をレオンハルトはじっと見ていたが、やがて笑みを零し、再びリリーに目を向けた。

彼女はバウムを抱き上げながら、先ほどからチラチラとこちらを見ている。仕事の話があるからと言われたので、邪魔にならないようにああやって距離を取っているのだ。自主的にしていることから、彼女なりに色々考えているのかもしれない。

今はアルベルトが去ったことで話が終わったと思い、ソワソワしている。もうすぐ遠慮がちに、そして嬉しそうに近づいてくることだろう。

「……リリー、世の中には知らない方が幸せなこともあるんだ」

レオンハルトはぽつりと呟いた。

手渡された封書と中傷のビラを眺め、唇が愉しげに歪む。

これをジークフリートは本気で書いたのだろう。その様子が目に浮かぶようだ。

だが、これらを事実というには妄想が過ぎるのだ。ジークフリートの話には根拠となる証拠が何一つ見当たらない。全てが曖昧で、考え方も偏りすぎている。

にもかかわらず、その濁った目と思考で書かれたはずのものが、何もかも嘘に塗れているというわけではないのが不思議だった。

一見幼稚な妄想。しかし、見方を変えると、この半分以上が正解に思えるから面白い。

口には出さないが、レオンハルトは本心ではそんなふうに考えていた。

――レオンハルトの持つ〝情報〟。それもまた、七年前に遡るものだ。

伯爵家の令嬢の誘拐事件が世間を賑わせていた頃、レオンハルトは早々に父が残した娼館のオーナーになっていた。とはいえ、父の怨念が詰まったその場所に前向きな気持ちは持てず、いずれ潰してしまおうとも考えていた。

ところがある時、父が管理していたという顧客リストを店主から渡され、それに目を通しているうちに驚くべきことに気がつく。

そこにハインミュラー伯の名を見つけてしまったのだ。その上、リストには所望した娼婦、利用頻度、性格、趣味、財産、性癖に至るまでの詳細が記され、寝物語に漏らしたと思われる他愛ない話から政治的な話までもが書き込まれていた。

それらは表向き、サービス向上の為と娼婦たちに説明して書かせていたようだった。だが、これはどう見ても赤裸々なまでの個人情報であり、彼らの恥部そのものと言える代物だ。もし世間に公表されれば地位がある者ほど大きな痛手を負い、場合によっては失脚する者まで現れるだろう。

一目でとんでもない代物を託されたと知り、レオンハルトは放心した。

父は一体何の為にこれらの情報を集め続けたのだろう。公にしたところで出所として娼館が疑われる可能性もある。信用があってこそ上客がつくものだ。

しかし、ここを経営していたのは、貴族を憎み続けたあの父だ。

『いつかこの手で奴らを地獄に落としてやる。その為の準備はしている』と、いつだったか父が漏らしていたのを聞いたことがある。もしかすると、自分の店で彼らが堕落する様を見ているだけでは満足できなかったのかもしれない。それで、彼らの情報を握り、いつか叩き落とす機会を探っていたのだろう。推測の域を出ない話だったが、レオンハルトはそんなふうに理解することにした。

そして、そんな中、世間ではリリーの誘拐事件が相変わらず騒がれ続けていた。レオンハルトのもとにも犯人と思われる男の似顔絵を持った憲兵がやってきたことがある。

客観的に聞く話は極悪非道な誘拐事件。徐々に懸賞金が跳ね上がり、犯人は断頭台送りという噂まで広がり始める。恐らくそうなるだろうと彼も思った。真実など彼らには関係ない。特権を持たない命は虫けら同然と考える連中の下に自分たちはいる。

父の気持ちも少し分かった。外堀から埋められていくのはとても気分が悪い。できることなら彼らをねじ伏せ、潰してしまいたいとさえ思った。

だからレオンハルトは動いたのだ。娘の誘拐話で世間を騒がせている中、別邸で愛人と過ごしていたハインミュラー伯。彼のもとへ向かい、自分が娼館の新しいオーナーとなったと挨拶し、世間話のついでにささやかな嘘をついたのだ。

顧客の一人が今回の誘拐騒ぎで嫌疑をかけられ、困惑しているようだ。最近は捜査の手もかなり広げられている。何度か相談されたが、このまま犯人を追跡し続けるなら報復も辞さないと言い始めている。社交界にいられなくなるほどの何かを仕掛けるつもりかもしれないと、暗に火種を蒔く原因がハインミュラー側にあるように示唆した。

当然ながら、こんな話で伯が手を引くとは考えていない。相手を知る為、まず反応を見極めようと試してみただけだ。

ところが、青ざめたハインミュラー伯の大変な慌てように、その必要がなかったことをすぐに理解する。どうやら叩けば埃だらけの男だったらしく、報復される心当たりがありすぎて頭を抱えた様子は実に滑稽だった。結局、会ったばかりのレオンハルトの口車にまんまと乗せられ、犯人捜査の手はある日突然打ち切られた格好となったのだ。

　蓋を開ければ、リリーの父親はあまりに分かりやすい男だった。何より大切なのは自分であり、その為に誰が犠牲になってもやむを得ない。先祖の遺した栄光を楯に甘い蜜を吸い、大半の者が自分に都合良く動いて当然と考える。その上、欲望に忠実で誘惑に逆らえない性格だったので、当時からハインミュラー家の財政は芳しくなかった。

　――ならば、あの時の娘を自分のものにすることさえ可能なのではないか。

　頭の隅でもう一人のレオンハルトが囁いたのは、そんな時だった。彼が明確に目的を持った瞬間でもあったかもしれない。

　ハインミュラー伯は欲しいものには金に糸目を付けない男だ。レオンハルトがじきに始めた貿易の仕事でも彼は上客となる。やることは簡単だ。いくらでも欲を満たし続ければいい。そのうちに妻の方も似たような性格だと分かり、彼女の欲も満たし続けた。二人は本当によく似ていて、人ごとながら見ているのは愉しかった。

　最終的に首が回らないほど家計は火の車。困り果てた彼らに、後は優しく手を差し伸べるだけでよかった。払えないツケは帳消しに、そして破格の金額を提示し、これでリリーを貰い受けましょうと。

それを彼らはあっさり受け入れたのだ。本来なら貴族のもとへ嫁がせる道もあっただろうが、莫大な借金を抱える家にそう簡単に相手が見つかるわけもない。要は目先の金にぶら下がっただけのことだ。

罪悪感は特にない。破産に追い込まれた原因は彼ら自身によるもので、群がるハイエナは他にも山ほどいた。レオンハルトは手元の〝情報〟をほんの少し利用したに過ぎない。勿論、その〝情報〟に踊らされる人間が思いの外多いというのも事実ではあるが……。

しかし、こうまでしてリリーを手に入れようとしながら、彼はこの七年、彼女に会うどころか、どう成長しているか調べようともしなかった。

たった二日、共に過ごした少女。思い出の品があるわけでもない。忘れる方が自然だろう。徐々に記憶も薄れ、顔や姿も朧げになっていく。にもかかわらず、これほどまで時間と手間をかけて手に入れようとしていたのには理由があったからだ。

レオンハルトは物心つく頃から人の温もりが苦手だった。父の教育の影響かは定かではないが、他人と眠るのは元より、同じ部屋で過ごし続けることさえ苦痛を感じる。そんな彼がリリーとは朝まで眠った。彼女が眠った後にベッドを出ようと思っていたのに、気づくと熟睡していたのだ。何故かは分からない。後にも先にもそんなことは彼女だけだ。

その温もりが忘れられない。人の体温が気持ちいいなんて、誰も教えてくれなかった。だから、あの感情が何だったのか、もう一度触れれば分かるだろうと思ったのだ。

理由など彼にはそれだけで充分だった。成長過程など、手に入れられないうちから見ていても歯がゆいだけだ。だから、見に行くことさえしなかった。

思えば、七年前にリリーと別れる時から、全ては始まっていたのかもしれない。

門前に彼女を置き去りにして、一歩、また一歩と離れていくうちに、手放さなければよかったと、取り戻せないだろうかと彼は思っていたのだ。

一緒にいられるわけもない。自分たちは重なり合うはずのない人生の上に立っている。彼女もすぐに忘れてしまうだろう。現実はよく知っている。ただ、ほんの少し頭の隅で望んでしまっただけだ。

ジークフリートに声をかけられたのは、そんな一瞬だった。

振り返ったレオンハルトを見て、彼は嗤っているように見えたと言った。

考えているうちに高揚していったことは覚えている。手に入れる方法をあれこれ考えるのは愉しかった。自覚はないが、そう見えたなら嗤っていたのかもしれない。

先ほどのやりとりでもそうだ。ジークフリートは突然、嗤っていると叫んだ。

驚きはしたが、思い当たることはある。

――ジークフリートがリリーに狂うほど、彼女は一層俺のものになる……。

明確な殺意を向けられていたあの状況で、レオンハルトはそんなことを考えていた。

撃たれてからというもの、あまりにも彼女が傍にいたからだろうか。

傍にいるほど、膨らむ独占欲に際限がなくなっていくことを知らなかったのだ。

「もうお話は終わった？」

突然声をかけられ、ハッとして顔を上げる。

目の前に立つリリーを見てレオンハルトは頷き、どこかそわそわした様子の彼女に目を細める。最近の彼女は、隙あらばレオンハルトに抱きつこうとする。そのタイミングを計っているのが見ているだけで分かってしまう。

「おいで」

手を伸ばすと、案の定、笑顔になって腕の中に飛び込んできた。

柔らかな温もりにレオンハルトの唇が綻ぶ。足下ではバウムが尻尾を振りながら纏わり付き、視線を向けるとキラキラした目を向けられた。

「バウムはレオのことが大好きなの。さっきもね、レオの危険が分かったみたいで突然走り出したのよ」

「……へえ」

真っ先に駆けつけた姿を思い出し、レオンハルトは何気なく手を伸ばす。バウムは歓喜のあまりベロベロとその手を激しく舐めて、よだれ塗れにしてしまう。

レオンハルトは沈黙しながら手を引っ込め、代わりに足を差し出す。舐められるよりも、足下で纏わり付かれている方が良かった。

それを見てリリーは吹き出し、嬉しそうに抱きついてくる。

「レオって自分では好かれることをしてないと思ってる？」

「ああ。何もしていない」

日中家にいてもバウムに頻繁に纏わり付かれるが、触れることも話しかけることも滅多にしない。好かれる要素はどこにもなかった。

「レオは無意識なのね。バウムが近づくといつも右足を少し前に出すでしょう？　バウムはそれがとても嬉しいのよ」

「……」

「それにね、バウムったら私よりレオの言葉の方を聞くの。たまにしか声をかけなくてもね、ここに乗ってはいけない、ここは好きにしていい、一言だけなのにちゃんと守るの。私が何度言っても駄目だったこともあっさりなんだもの。私のことは遊び相手としか見てくれてないみたい」

彼女は少し拗ねた様子でしがみつく。

レオンハルトは感心しながら、その背中に腕を回した。まさかリリーがそんな分析をしているなど夢にも思わなかったのだ。

「おまえ、よく見ているな」

「そうよ！　バウムより私の方がレオを好きなんだから！」

「……犬と張り合ってどうする」

「そんなのいくらでも張り合うわ。だってバウムの気持ち、分かるんだもの……」

「……？」

「レオの言うことなら何でも聞くの。レオの目に見られたら絶対に逸らせない。……私、最初からそうなの。レオの全部に弱いの。いなくなったら死んじゃう」

ぐすぐすと泣き出し、彼女は撃たれた右肩に唇を寄せる。

もうほとんど治っているが、リリーはあの時のことを思い出しては度々涙を流す。今日は一層不安を募らせているのだろう。兄の殺意を目の前で見てしまったのだから……。

「……部屋に戻ろうか」

しがみつく身体を抱きしめ、レオンハルトは空を見上げた。

こうして触れていても、今でも現実感がない時がある。手に入れることしか考えなかったからだろうか。一気に距離が縮まりすぎたせいで、傍にいても確かめようとしてしまう。

――ジークフリート、おまえもそうなのか？　突然手元から消えたから現実感がないのか？　一気に距離が広がったせいであなったのか？

おまえの気持ちは、全く理解できないわけじゃない。あの大きな城の中、おまえはきっと寂しさを埋める相手が欲しかったんだろう。だから、無条件で自分に懐くあどけない眼差しを誰の目にも触れさせないよう腕の中に閉じ込めた。その手をすり抜け、他の男を追いかける後ろ姿は、おまえにとって何よりも赦し難いことだったんだろう。

欲しいものを手に入れる為には、どんな手でも使ってみせる。俺たちが立っている場所は真逆なようで、実はそれほど違いはないのかもしれない。

だから、ジークフリート。おまえの妄想は俺の行動を言い当ててるんだ。

❀　❀　❀　❀

「ん、レオ……ッ」

緩やかに身体を揺さぶられ、リリーはうっとりしながら息を漏らした。

向き合った状態で、いつもより繋がりは深いが快感はゆっくりやってくる。その分、長くこうしていられるのが嬉しいと言ったら彼はどんな顔をするだろう。

リリーはそんなことを考えながら、レオンハルトをじっと見つめる。

「なんだ」

「ここに来る少し前、ハインミュラーの門前でレオを見たの。ほんの何秒か目が合ったのよ。レオは覚えていないかもしれないけど」

遠目だったけれど、あれは間違いなくそうだった。彼ほど印象的な人を他に知らない。一瞬で釘付けになるのは、昔も今もレオンハルトに対してだけだ。

「……覚えている」

「ほ、ほんとう!?」

「ああ」

小さく頷き、彼は瞳を揺らめかせる。

「あの日は、おまえを見る為に何となく足が向いた。……その後のことを考えると、おまえにとってはあまり良い話ではないと思うがな」

「……私を買うから、見に来たの？」

「そうだ」

「どうだった？　私のこと、見に来た価値はあった？　レオは買って良かったと思う？」

矢継ぎ早の質問とその内容にレオンハルトは眉をひそめている。

こんなことが気になるのも、どういう経緯で自分が買われたのかを知らないからだ。リリーは今の状況を偶然が重なった結果だと思っている。だから彼とこうなっていたのが、他の誰かだった可能性もあったのではないかと考えてしまうのだ。

「あまり自分を安く見るな。おまえをそんなふうに見たことはない。こうして抱かれていても分からないのか？」

「あ…ッ！」

大きく揺らされ、間近で視線が重なる。眼差しの強さにくらくらした。

「また何か一人で悩んでいるのか？　言いたいことはできるだけ口に出せと言ったはずだ」

「だ、だって……」

「なんだ？」

「あぅ……ん」

腰を引き寄せられ繋がりが深くなる。リリーは涙を溜めて唇を震わせ、左右の手のひらを彼の頬にそっと押し当てた。

「レ、レオ……、お父さまから教えられた〝おまじない〟を今もしてる……」

「……？」

レオンハルトは眉を寄せて僅かに首を傾げる。

「ここに来た頃は頻繁に…。今だって時々、空をじっと見つめるの。レオは感情を持て余してるの？　身体が冷たくなるまで一人で何を考えてるの？　わ、私には言えないこと？」

夜中、目が覚めると未だに彼は一人で空を見ていることがある。

そんな時、どうしても不安になる。自分では駄目なのかと考えてしまう。

「私、レオのことを何だって知りたい、話して欲しい。不満があるなら教えて。嫌われたくない、駄目なところは直すから、だから」

涙声で訴えると彼は目を逸らし、微かに吐息を漏らした。

そんなに困らせるようなことを言っているだろうか。ただ、この瞳を自分だけに向けて欲しいだけだ。心の一欠片でも他に向けて欲しくない。このままでは空の景色にさえ嫉妬してしまいそうだった。

「……最初の頃はおまえとの距離の近さに戸惑っていただけだ。あの感覚をどう表現すればいいのか、自分でもよく分からない」

「レオ……」

「だが、今もそうするのは……壊したくないからだ」

耳元でそう囁かれ、リリーの身体はベッドに沈む。言葉の意味は漠然としていて、よく分からない。彼を少しだけ遠くに感じたリリーは自ら腰を押し付け、離れないようにとしがみついた。

「ん……。レオ……ッ、好き、あなたが好きなの。お願い、私を放さないで……」

いつもより強い想いを込めて彼に告白をする。自分の想いが足りないから彼が感情の全てを曝《さら》け出せないのだと、リリーはそう思っていた。

けれど、全てを委ねてくれる日はいつか必ず来るはずだ。伝えていけば届くということを、彼が教えてくれたのだから――。


一方で、レオンハルトは彼女の肩に顔を埋め、苦しげに息を漏らしていた。

時々、彼がギリギリの場所に立って苦しんでいることをリリーは知らない。

それは彼女が隠れてジークフリートと手紙のやりとりをしていたことを激しく責めた、あの夜がきっかけだった。あの時の尋常ではない感情が時折頭をもたげようとする。こうして繋がる度に、他の全てをなげうってでも彼女と繋がり続けたいと思う自分がいる。互いに壊れるまで求め合えるなら、築き上げた物など捨ててしまおうと……。

「レオ、レオ…っ、好き」

止まらない告白にレオンハルトは胸の奥が震えるのを感じた。

欲しかった温もりはここにある。全ては現実だ。もう手放す必要はない。

「ああ、……俺もだ。おまえが愛しくて堪らない」

無意識について出た初めての告白に、リリーの目から大粒の涙が零れていく。

そんな彼女の涙を、レオンハルトは己の唇で甘やかに拭う。彼女の涙を見ると安心した。

自分を想っているとよく分かるからだ。

——大丈夫だ。俺はジークフリートとは違う。あの男とは絶対同じにはならない。

そんなことを考え、レオンハルトは己自身を嗤う。

そして、自戒しながら思うのだ。

いつか持て余した感情が彼女を閉じ込めようとしても、今はこうしていられれば、それだけで充分だと。

ここが抜け出せない檻の中だと、きっと彼女は気づかないだろうから。

だからそっと鍵をかけておく。

幾重《いくえ》にも頑丈に。柔らかく抱きしめた、この腕の中で——。

あとがき

この度は数多の作品から本作を手に取っていただき、誠にありがとうございました。

作者の桜井《さくらい》さくやと申します。

私にとって二作目の文庫本となった『ゆりかごの秘めごと』。この文章量を一気に仕上げたことの無い私には挑戦の日々でしたが、手掛けている間はただひたすら没頭し、ストーリーやキャラクターたちとじっくりと向き合うことが出来ました。

こうして一冊の本として出来上がったことにほっと胸を撫で下ろすとともに、この作品を読まれた皆様に少しでもお楽しみいただければと…、今はこれが一番の願いかもしれません。感想お聞かせいただけると嬉しいです。

最後に、一作目から引き続きイラストをご担当いただいたKRN《カレン》さん、編集Yさん、そして本作を形にするためにご尽力いただいた全ての方々、この場をお借りして御礼を申し上げます。本当にありがとうございました。

皆様とまたどこかでお会い出来ることを祈りつつ、全ての方に幸せが訪れますように。

桜井さくや

この本を読んでのご意見・ご感想をお待ちしております。
◈ あて先 ◈
〒101-0051
東京都千代田区神田神保町2-4-7 久月神田ビル7階
㈱イースト・プレス　ソーニャ文庫編集部
桜井さくや先生／KRN先生

ゆりかごの秘《ひ》めごと

2014年5月8日　第1刷発行

著　者　桜井《さくらい》さくや
イラスト　KRN《カレン》
装　丁　imagejack.inc
DTP　松井和彌
編　集　安本千恵子
営　業　雨宮吉雄、明田陽子
発行人　堅田浩二
発行所　株式会社イースト・プレス
〒101-0051
東京都千代田区神田神保町2-4-7 久月神田ビル8階
TEL 03-5213-4700　FAX 03-5213-4701
印刷所　中央精版印刷株式会社

ISBN 978-4-7816-9530-3
定価はカバーに表示してあります。